U0097578

Gaea

# Gaea

After Sun Goes Down

# 日落後

長篇13 [完]

星子——著
BARZ——插畫

# 日落後

## 角色介紹

### 張意

原本是只想好好過日子的黑社會，但擁有能抵抗黑夢的結界潛力，被「畫之光」頭目伊恩相中成為接班人。在台中與黑摩組的攻防戰中，意外發現自己能藉著之前到手的莫小非黑夢戒指，與黑夢中的壞腦袋溝通……

### 長門櫻

伊恩的養女，畫之光夜天使的成員，以三味線為武器。因為幼時的悲劇，聽不見，也無法說話，平時靠白色九官鳥神官與外界溝通。共患難後，認定張意為人生伴侶。

### 伊恩

畫之光的創辦者與首領。在黑夢結界中遇到張意，發現了張意對抗黑夢的潛能，選擇了張意作為自己的接班人。因為鬼噬咒，現在只剩下一隻手與一隻眼。在協會魏云醫生的幫助之下，延長了開眼時間。

### 摩魔火

紅毛蜘蛛，伊恩的隨身侍從，也擔任畫之光夜天使教官，自稱是張意的「師兄」。利用蛛絲操縱張意的四肢在戰場上活躍。最怕的是被封在伊恩愛刀七魂裡的老婆——雪姑。

## 孫青蘋

與外公種草人孫大海相依為命、目標成為私家偵探的大學生。遭黑摩組攻擊失散後，與靈能者協會除魔師盧奕翰及夜路同行。輾轉來到古井結界，向穆婆婆學習操控神草，慢慢累積實力、與協會眾人一齊對抗黑夢……

## 盧奕翰

靈能者協會的除魔師。體內封印著餓死小鬼，能將吃入肚子的食物轉化為施法戰鬥用的魄質，不過平時都讓小鬼沉睡著，只在必要時刻喚醒。

## 夜路

作家，代表作為《夜英雄》系列。同時也是轉包靈能者協會外包案件的仲介人。體內被封著鬆獅魔與老貓魔駱有財，可以靠著這一貓一狗作戰。

## 安娜

獨來獨往的異能者，平時接受協會的外包案件、賺取酬勞。人脈寬廣、手腕高明。因為操使著一頭長髮，而被通稱為「長髮安娜」。成功將穆婆婆帶離宜蘭後，在台中與協會共同構築防禦中……

## 郭曉春

天才傘師。能自由揮灑從爺爺阿滿師處學得的家傳絕技——十二護身傘。現在與爺爺會合，祖孫一起守著穆婆婆。

## 老金

五百歲虎魔，十餘年前與伊恩聯手對抗四指，暴雨夜大戰後被協會治好異食癖，隱居多年。如今為了助老友一臂之力，渡海來台協助伊恩進攻黑夢。平時喜歡化身男童模樣。

## 硯天希、夏又離

硯天希是大狐魔硯先生的女兒，人狐混血的百年狐魔。小時候因為重傷，而失去肉身、被封印入夏又離體內。因緣際會，夏又離與黑摩組相遇，也發現了天希。又離與黑摩組決裂後，成為靈能者協會列管的異能者，繼續過著與天希共用身體的日子，最後捲入黑夢大戰，輾轉來到宜蘭。雖然天希腦袋混亂，導致他們互搶身體主導權、暴走多次。而後在宜蘭古井結界之戰時，天希竟然煉成了魔體，不過兩人身體仍連在一起……

## 黑摩組

原本隸屬於黑組織四指，但經過一連串瘋狂計畫，終於掌控了四指。以安迪為首，還有宋醫生、莫小非、邵君與鴉片等，被稱為黑摩組五人，當年眾人都沒想到過這瘋狂的小組織，將會為日落圈子帶來最恐怖的夢魘。他們以西門町為中心建立起黑夢結界，帶來了混亂與絕望。在宜蘭古井結界與穆婆婆等人硬碰硬，甚至取得了優勢，但後來遭畫之光援兵與醒來的伊恩重傷而暫時撤退。但是他們馬上調整了計畫，準備奪取協會存在台中維持防線的魄質來壯大黑夢……

日落後

日落後

—長篇—

13

[完]

目錄

# 01 血脈

一把把拖曳著七彩光絲的紙傘，如同劃過天際的流星雨，飛梭竄向萬古大樓樓頂；每把紙傘身上都貼滿泛動青光的竹葉，青光在紙傘周邊旋繞、在傘尖前聚成尖錐。

萬古大樓上方，正緩緩堆疊出一片黑色屏幕——那是無數把王家傘被王寶年的黑鏈提至空中後，同時張開拼成的一面弧形大盾，儘管每把紙傘傘面顏色不同，但都瀰漫著凶猛黑氣，遠遠看去，彷如一片巨蛋體育場屏頂般的防護屏障。

轟！百來支飛在最前頭的郭家傘，撞上那面巨大王家傘盾，炸開一陣奇異光爆。

第一批撞上巨大黑幕的郭家傘，在傘身上那竹葉光流庇護下毫髮無傷，且紛紛張開，郭家傘魔紛紛躍出紙傘——是些大雞大鴨大豬大狗之類的家禽畜獸，他們振開大翅，亂踏亂踩、或扒或啄地破壞起腳下的王家傘。

巨大王家傘屏上滿布黑色鐵鏈，黑煙瀰漫，一隻隻持著砍刀、大槍、長戟的王家傘魔自黑煙裡竄出接戰。

「大家不要怕，圍成圈圈！」阿滿師半邊身子自運輸直升機敞開的機門探出，一手抓著一柄長柄傘，一手抓著對講機，透過直升機上的擴音設備指揮著己方傘隊。「第二隊、第三隊，快跟上——曉春吶，別怕，阿公來幫你們宰惡人啦！」

「哇，老郭啊，你別太激動啦！」孫大海扶著機艙布袋土堆裡的古井大樹，此時大樹樹身微微彎曲地頂著機艙頂，斜斜長出一條樹枝捲著阿滿師腰際，令他不致於摔出機外。

另一旁布袋裡那青竹也同樣長至機艙頂，使得竹身微微彎曲，幾枝長竹和土堆上一株株竹筍綻放青光，堆滿艙頂的竹葉一片片落下，貼在機艙深處大木箱裡一把把紙傘身上。

那些被貼上竹葉的紙傘立時閃耀起光芒，浮騰出木箱，飛梭出機艙，結成新一批傘隊竄向萬古大樓。

即便是修習傘術多年的阿滿師，或是他的天才孫女郭曉春，也無法同時指揮成上千把囚魂傘，但布袋土堆裡那化胎妹子卻能。

化胎妹子本是依附在青竹中的人魂，經郭家多代供奉，修煉成魔，長居郭家三合院化胎土堆，就如郭家守護神；而郭家三合院周圍整片竹林，都是由當年同一株青竹分株長成，等同是化胎妹子肢體手足的一部分——且也是郭家千把囚魂傘的竹骨材料來源。

因此化胎妹子指揮郭家傘，就像是長髮安娜指揮自己長髮一般。自然，要同時指揮這麼大量的傘，消耗的魄質能量也相當可觀，而此時十餘口垂吊在運輸直升機底部的巨箱，除了讓千隻傘魔飽食一頓之外，也供應著兩個布袋裡的化胎妹子和古井大樹源源不絕的魄質能量。

啪嚓一聲，後方一輛運輸直升機下吊掛著的魄質大箱，箱身上鎖鏈解開，大箱落下——那是魄質耗盡後的空箱。

從台東海岸飛往台北萬古大樓途中，十餘口魄質大箱已經被古井大樹和化胎青竹以及千把囚魂傘吃空一半，何孟超下令扔下那些空箱，加速整支直升機隊伍推進速度。

「何孟超，叫直升機飛快點啊，我這大樹快撐死了，這地方沒空間讓他長得更高啦！」穆婆婆見古井大樹攝入過量魄質，卻因機艙空間不足，生長受到限制，又不能像化胎那樣快速生長竹葉、指揮紙傘作爲消耗，便連連催促。「你讓他再憋下去，要撐壞整架直升機啦！」穆婆婆一面說，一面拍著大樹：「再憋憋，忍著點……」

「沒辦法呀。」何孟超無奈地說：「底下那面黑色傘牆擋著去路，這些直升機上沒有武裝，飛近了也沒辦法和傘魔硬打呀……」

「那就照俺說的辦法呀！」阿滿師回頭怒叱。

「可是……那樣實在太危險啦！」何孟超滿頭大汗，搓著手說。「您可是台灣日落圈子裡的國寶呀……」

「國寶？俺孫女才是寶，要是她有個萬一，協會賠得起嗎！」阿滿師瞪大眼睛，回頭朝那布袋土堆上的青竹說：「化胎妹子，就照俺剛剛說的，咱們上——」

那布袋土堆裡的化胎妹子一聽阿滿師號令，立時抖下更多竹葉、竄長出密密麻麻的細枝；那些細枝和竹葉在直升機艙門外飛快結成一張雙人床大小的寬闊竹蓆。

阿滿師扔下對講機，吆喝一聲舉著長傘躍上大蓆。

那大蓆編得紮實，阿滿師踩在蓆上，像是踩在水上氣墊般，雖有些浮動搖晃，卻也不致於站不住；在大蓆上空拉蓆的，則是由數十隻大鷹、大鵝組成的郭家飛空傘魔隊。

「出發——」阿滿師吆喝大叫，機艙深處大箱裡的藏傘持續竄出，在大蒂下列成數排，彷彿是加掛在戰鬥機下的飛彈。

一隻閃動青光的纖瘦女腿從土堆上踩下，化胎妹子終於現身，拖曳著青光往直升機外走，踩上大蒂；她那土袋還竄出幾根彎曲竹筍，撐著地面如蟹足般，拖著整袋土一齊登上大蒂，來到阿滿師身後。

「等等、等等！」孫大海和穆婆婆在機艙邊大喊。

「還等什麼？」阿滿師瞪大眼睛。

「你那蒂子還能不能多載一包土？」穆婆婆嚷嚷：「我這大樹也去幫忙。」孫大海則說：「我也去，我能幫忙照料這兩包土，且我外孫女也在萬古大樓裡。」

「上來呀！」阿滿師急躁地對兩老招手，孫大海和穆婆婆立時指揮古井大樹長出粗枝撐地作足，擠出機艙、登上大蒂；那大蒂也開始向外擴張成約莫四張雙人床併在一起的大小。

阿滿師見何孟超也跟在孫大海背後躍上大蒂，哼哼地說：「你也來湊熱鬧呀？」

「您這大蒂子多載我這胖子沒問題吧……」何孟超無奈地向機艙裡的魏云聳聳肩，說：「機隊交給妳了。」

「放心，我會守住這些魄質大箱。」魏云點點頭。

「多載十個胖子都行！」阿滿師再也等不及，搖動他那長柄傘，高聲下令：「衝——」

□

「哇！」夜路和盧奕翰被數條自木地板上竄出的黑枝牢牢捲住雙踝，提上半空。

「我不是說了，你們在我的『身體』裡嗎？」樹老師朝著被提上半空的夜路和盧奕翰笑了笑，跟著望向自己彷如樹枝的雙手，微微仰頭，瞇起眼睛，露出陶醉的神情，說：「噢，感覺好極了……」

他睜開眼睛，看著被黑枝裹身的青蘋，喃喃地說：「我猜得沒錯，妳家族血脈，果然是眞正啓動這些神草的關鍵元素呀……」

「我醉心種草許多年，我的身體老得不能再老了，且經歷百毒侵襲，早已腐朽透骨，像是腐爛的木材……」這寬闊木造空間隨著樹老師的喃喃自語，嗡嗡震動起來，樹老師一下子好似年輕了許多歲，雙眼綻放光彩。「慶幸，我得到了黑摩組的賞識、得到妳家傳種子，我將種子種進自己的身體裡，我想要一副新的身體，我……」

吼——

一聲吼波，將矮小的樹老師轟飛好遠，轟進牆裡。

「老不死的，你身體變老關我屁事啊，誰要聽你講你的鬼故事？」夜路吊在空中哇哇大罵，舉起鬆獅魔對準陷入牆中的樹老師又吼擊兩聲，再令有財從他腿上現身，揮揚貓爪割斷樹枝落下。

他剛落地，立刻將鬆獅魔對準腳下，連吼兩聲，震碎十餘條自地板竄出的黑枝。

另一頭的盧奕翰也掙斷黑枝，落下地來，卻又被石蓮獸撲倒。

「這東西力氣變好大！」盧奕翰愕然怪叫，只覺得被那石蓮獸按著的雙肩，像被一座小山壓著，難以掙脫；同時，他的後背發出一陣刺痛，彷彿有千把錐子刺入他的後背。他連忙施展鐵身抵禦，但他突然一驚，那些細枝竟緩緩扎透他的鐵身，鑽進他背裡。

夜路則被幾枝自地板鑽出的巨大捕蠅草捲上手腳，由於他蜷縮著身子將鬆獅魔舉在頭頂，那些捕蠅草似乎因此將力量遠強於夜路的鬆獅魔腦袋，認作他的眞身要害，集中瘋咬攻擊鬆獅魔；鬆獅魔在有財施咒甩鬚掩護下，奮力嘶吼回咬，咬碎一枝枝襲來的捕蠅草。

青蘋緩緩睜開眼睛，朦朧中見到盧奕翰被石蓮獸按在地上，臉色難看至極，體膚似乎正在枯朽——樹老師那些黑枝鑽進人身後，不但能夠吸血，也能吸取活人精魄；右邊的夜路身子則被幾條食蟲莖藤捲得歪曲難看，不停哀號。

「住手……」青蘋發出微弱的呻吟，只覺得鑽入體內的細枝從她四肢持續深入體內，甚至鑽進了她胸腔，在她五臟六腑間騷動著，逐漸往心臟逼近。「不准你傷害……我的朋友。」

樹老師從壁面斷碎的木板裡走出，拍落身上碎屑，來到妖車旁，望著妖車駕駛座上那片土堆。

「哦——」樹老師揚手令樹枝停下動作，他伸手拍了拍土堆，跟著將手插入土裡，神情興奮而雀躍：「喔——最後兩顆種子。」

他閉起眼睛，令五指伸長，深入土中，摸著了黃金葛與百寶樹的神草種子。

「住手……不准你……」青蘋臉上浮凸起嚇人筋脈。

那是樹枝鑽入她臉龐血管裡彎曲扭動的模樣。

「妹妹，妳家七顆種子，通通落到我手裡了。」樹老師轉頭，瞅著青蘋呵呵大笑起來。

「笨蛋、白痴，你算數有問題！」小八被樹枝揪在空中，嘎嘎大叫起來。「爺爺大樹也是神草，是八個種子不是七個種子！」

「不對！」英武立時接話。「老孫的神草種子一共就七顆，哪來第八顆。」

「放開……我的朋友！」青蘋雙眼通紅，咬牙切齒，像是想將樹老師掐死般。

「七顆種子都在我手上啦。」樹老師雖然也曾耳聞台灣宜蘭穆婆婆的盛名，但他沒親眼見過古井大樹，並不知道古井大樹也是孫大海的神草種子之一。「我身上也種入一顆種子，我將種子煉成我的新身，能令我多活幾百年，甚至讓我無接縫地修煉成魔，進而永生不滅。」

「老不死，你聽不懂人話嗎？」夜路仗著鬆獅魔咬爛圍攻的食蟲草，縮在角落嚷嚷：「就說種子有八顆了，你還沒蒐集完全，如果你想知道第八顆種子藏在哪，趕快停手別攻擊我們，不然……」

「胡說八道，老孫的種子只有七顆！」英武大叫。

「不對、不對，蟲果子樹、吃蟲草樹、石蓮樹、菱角樹、樹老頭種在身體裡的樹、黃金葛樹、人身果樹，再加上爺爺樹，不就是八個樹啦！你們到底會不會算數啊？」小八堅持己見。

「你說的一堆都不是樹……」英武連連搖頭，自己也數了數，突然也驚怪叫著：「對呀，爲啥多了一個？」

「哦，還有一顆種子？」樹老師眼睛閃閃發亮，揚了揚手，將盧奕翰從地上提起。

此時盧奕翰臉龐呈暗褐色，本來精壯的身軀一下子萎縮一圈，如重度成癮的毒蟲；盧奕翰被樹老師那黑枝吸去了大部分精魄，連舉起手的力氣都沒了，自然再也施展不出鐵身，像是片被曬乾的乾貨被搖搖晃晃吊在半空，任由無數樹枝在他後背裡鑽探。

「對呀，在高雄美濃。」夜路急急地說：「那是大海爺最厲害的一顆種子，你如果想知道，你……」

「你們如果想活命，就將第八顆種子交出來。」樹老師這麼說，同時令樹枝捲上盧奕翰頸子，緩緩箍緊，將盧奕翰掐得連舌頭都垂了出來。

「哇，你眞聽不懂人話！」夜路駭然大叫：「我都說了種子在高雄美濃，你這死老外，這裡是台北，台北到高雄坐車要好幾個小時你知不知道？」

「不。」青蘋眼睛閃耀起奇異光芒。「我外公神草種子只有七顆沒錯——我想起來了……哼哼！我知道是怎麼一回事了。外公之前跟我說過這件事……」

「……」樹老師聽見青蘋說話，同時察覺到一種古怪感應——

像是有個人，無禮地抓住了他的「手」，甚至揪住了他身體各處，和他掙搶著全身上下的控制權。

他猛然轉身回頭瞪視青蘋。

「你這臭老不死……真是老得腦袋都不清楚了，笨蛋、蠢豬、老王八……」青蘋臉色發白，哼哼冷笑，像是還想多罵兩句，卻想不出更多罵人詞彙。

四周木造空間都在震動。

樹老師露出了驚恐神情，陡然明白情勢變化，和其原因——

孫大海的神草種子需要孫家後人血脈才能發揮最大威力。

樹老師虜獲青蘋，取得青蘋鮮血，強化了神草種子和自己的身體。

但青蘋也懂得控制神草——

包括樹老師埋入身體裡的那顆種子。

「其中有一顆種子，是煉壞了的種子……」青蘋緩緩地說：「當初宋醫生追殺我外公，想搶他神草種子……外公知道宋醫生不會輕易罷休，就將一顆煉壞的種子混入神草種子當中，讓宋醫生搶去；他將調包的眞種子種在小龜背上，藏進水溝裡……那顆眞種子就是我們妖車上的百寶樹……而當初那顆煉壞的假種子，其實也沒那麼差，但有個缺點，就是不太聽話……所以我外公一直不將它排入神草種子裡頭，且還在種子裡藏了一道銷毀令，功用是在緊要關頭，消滅那顆不聽話的壞種子——伽兮力力伽兮伽兮力力！」

「噫！」樹老師不給青蘋施咒機會，猛地伸手指向青蘋，手上竄出無數細枝，直直插向青蘋頭臉——

在距離青蘋臉龐數公分前，細枝陡然向外彎曲繞開，避開青蘋腦袋，只略微割傷她的臉龐，鑽入青蘋身後木櫃裡。

「老不死……我才是這些神草的主人……」青蘋咳了幾聲，嘴角淌下絲絲鮮血，正全力與樹老師爭搶神草控制權，同時盡力壓制著扎進她體內那無數細枝，阻止細枝往她心臟鑽去。

壓著盧奕翰的石蓮獸躍到遠處，幾株再次逼近夜路的捕蠅草紛紛闔上大口、縮了起來——這些神草植株雖然經樹老師改造成凶惡魔草，但孫大海藏在種子裡的指揮法則卻仍烙印在它們每一條莖藤、每一片葉子、每一顆果實裡。

樹老師扎進青蘋皮肉、深入她血管甚至延伸至五臟的細枝，吸取她精魄鮮血之後，雖然令神草威力大增，卻同時也令神草眞正與主人血脈融合爲一。

地板竄出無數漆黑樹枝，樹枝上結成一顆顆褐色大果，那些大果微微震動，裡頭正孵成蟲；一具大櫃啪啦裂開，櫃裡的水缸崩裂，養在缸裡的巨菱角植株撲落在地，像是被扔在土上的鰻魚般蠕動起來，甩動莖藤掃倒幾名不知所措的樹老師學生。

青蘋望著四散騷動的神草植株，目光所及之處，蟲樹果實紛紛安靜下來，巨菱角大葉則快速生出花苞，啪啪開了花；石蓮獸低頭伏下；一株株食蟲草則微微晃動食蟲大葉。

「都很乖，所以——」青蘋快速環視過蟲樹、食蟲草、巨菱角和石蓮獸，樹老師以樹枝吸得青蘋的血，反而令青蘋快速熟悉那幾株陌生神草。最後，她將目光轉回樹老師身上。「那顆壞種子，就是你種進自己身體裡的種子！伽兮力力伽兮伽兮力力……嗯？後面是什麼？」

青蘋似乎忘記孫大海隨口告訴她銷毀壞種子的咒語，她斜眼望了望被吊在上方的小八和英武。「英武，銷毀壞種子的咒語是什麼？」

綑著小八和英武的樹枝，在青蘋控制下，啪嚓嚓地斷開。有幾條樹枝並不聽話，仍勾著英武的爪子，英武嘎嘎叫地啄斷樹枝，與小八飛旋在空中，急急叫著：「我不知道啊，老孫沒跟我說過這件事！」

「快幫忙想！」青蘋焦躁喊著：「伽兮力力伽兮伽兮力力……後面接什麼？爲什麼想不起來，我記得我有做過筆記呀！」

「我不信妳這小女娃道行比我更深！」樹老師忿忿不平，他其實並非沒有考慮過青蘋本人的馭草能力，壓根沒把她放在眼裡，他覺得自己能夠壓制青蘋的力量。「我跟著我的老師種了二十年草，之後自己出道又種了四十年草，單憑妳一個小娃，憑什麼……」

樹老師大力跺腳，木造空間竄出一條條憤怒的粗枝，全往青蘋捲去，但那些粗枝竄到了青蘋身邊，卻彼此糾纏成一團。

「伽兮力力伽兮伽兮力力……後面到底是什麼？」青蘋焦急叫罵：「老混蛋、老怪物……我快想到了，你別打擾我！」她怒罵一聲，樹老師的雙足突然竄長拔高，推著樹老師身子撞進木造空間天花板，然後再拖出來，轟隆左右甩砸掃打，撞爛一具具木櫃和一群學生後，重重甩砸在地上。

「噫！」青蘋一陣激動過後，露出痛苦神情，臉上淌下斗大汗滴，嘴角湧出更多鮮血——她雖然取回神草控制權，甚至能夠控制樹老師那樹枝，但一時卻無法將扎進皮肉、血管裡的樹枝驅出自己體外，那些樹枝太多、太密，且大多已鑽入她臟器，甚至生出根來。她唯一能做的，就是令那無數細枝別吸她血、乖乖地一動也別動。

「妳……」樹老師從地上掙扎起身，像是還想反抗，但被背後一陣吼波轟著後腦，整個人飛騰起來，卻未飛遠——有財抛來光鬚套住樹老師的頸子，又將他拉回原地。

原來是夜路抓準了報仇兼耍威風的大好機會，開始反撲，他舉著鬆獅魔像是戴上一只毛茸茸的碩大拳套，對著樹老師一陣狂毆。

「你這個老不死老怪物老不修老混蛋老壞蛋老痞子老雜碎狗雜碎！」夜路嘴巴比出拳更

快，且他每一拳，都將樹老師的身子打少一大塊——

他手上的拳套會咬人。

鬆獅魔怒眼圓瞪，剛剛與捕蠅草亂鬥時多處被咬傷的地方還淌著血，但現在張口大咬可一點也不留情，一口一口將樹老師肩、胸、臉、臂撕扯咬下。

「喝！」樹老師悶吭一聲，破碎身軀陡然萎縮，整個人鑽進了地板裡——這整座木造空間，都是他身體的一部分。

「我可以慢慢等。」樹老師的聲音緩緩響起。「你們傷勢都不輕，我只要再等一段時間……」

「你沒時間了。」青蘋的視線，牢牢盯在端到她眼前的筆記本上其中一頁。「伽兮力力伽兮伽兮力力——」

那本筆記本被幾條古怪金屬架著，自妖車駕駛座裡遠遠伸來。

妖車那金屬半身，蜷縮在青蘋剛剛乘坐的位子上，顫抖地望著青蘋。

一、兩分鐘前，他忍著被樹枝拆體的疼痛，努力從青蘋擺在駕駛座旁的包包裡，翻找出那本標有「神草百咒」的筆記本，用殘存力氣生出金屬支架，將筆記本遞到青蘋眼前。

青蘋指揮翻頁，找出了那寫著壞種子銷毀咒語的那一頁。

「呀——」樹老師發出了沙啞的慘叫聲。

整座木造大屋嗡嗡震動起來，四周木板喀啦啦崩出裂痕，還冒出古怪黑煙。地板開始扭曲崩裂，木櫃像是燒焦了般，四周瀰漫腐臭氣味——被青蘋啓動銷毀令的樹老師，樹身開始腐朽。

巨大的木造空間劇烈震動，躲在四周那十餘名樹老師的學生大都不是戰鬥人員，全都驚慌地叫嚷起來。

夜路急急奔到青蘋面前，見裹著青蘋的樹枝像是一團大繭，依舊緊密嚴實，一時不知所措，又來到盧奕翰身邊，看他呈大字形躺在地上一動也不動，臉龐、胳臂正緩緩枯瘦，皮膚變成了乾褐色，他的後背被扎進無數細枝，整個人幾乎快被吸乾了。

「奕翰！你……你還能動嗎？」夜路試著扶起盧奕翰，立時發現扎在他背後那上千細枝，一下子驚恐不已。「有財，你能幫奕翰弄斷這些樹枝嗎？」

有財伸出貓爪，正要扒斷盧奕翰背後樹枝，卻被青蘋喝止。

「不行！」青蘋尖叫：「那些樹枝扎進他內臟了，別刺激他們——斷掉的樹枝還會活動一段時間，會把奕翰內臟攪爛！」

「什麼！」夜路駭然，急急地問：「那怎麼辦？」

「渴……」盧奕翰雙眼發黃、雙唇乾裂，微微張開嘴巴，連舌頭也乾巴巴的。「好渴……」

「渴？渴？」夜路左顧右盼，舉手令有財以髫鬟圈圈從一處大櫃套來幾罐大瓶，揭開一瓶檢視聞嗅，見那水無色無味，猜測是清水，卻也無暇細辨，便往盧奕翰嘴裡倒。

「咕嚕、咕嚕嚕——」盧奕翰貪婪地張口大吞，一下子喝盡那瓶水，夜路立時揭開第二瓶水給他。

「怎麼會這樣？」夜路見到灑在盧奕翰身上的水，像是灑在沙地上般被快速吸乾。盧奕翰灌下兩大瓶水，嘴唇和舌頭依舊乾裂。

「那些樹枝在慢慢吸他身體裡的血和養分，還有他的魄質……我正盡力阻止那些樹枝……」青蘋這麼說：「銷毀令已經發動了，我們只要撐到那老傢伙枯萎死去就贏了……」

「呀——」十餘名學生突然發出尖叫，各個被四面八方竄出的樹枝扎入身體，一下子吸成了人乾——

本來焦黑的木櫃和腐裂的地板，稍稍復原，然後又繼續枯萎、腐敗。

「哇，那樹老怪可以吸人血肉來抵抗銷毀令！」夜路望著周圍地板，抬頭望望青蘋，知道青蘋雖能夠控制神草，但因重傷無法同時顧及不同地方，那樹老師還有機會反撲，便小心翼翼留意四周動靜。

「啊！」夜路揭開最後一瓶水往盧奕翰嘴裡灌，突然聞到一股異臭，只見那水褐黃噁心。

「這什麼？這是……他們種樹的肥料？」

「咕嚕嚕……嗯！」盧奕翰一連灌了好幾口褐黃怪水，起初因爲口鼻焦乾不覺得臭，但漸漸忍不住，氣得一把推開夜路，大吼：「這什麼東西？」

「呃？」夜路呆了呆，捏著鼻子說：「你有力氣推我了？」

「嗯？」盧奕翰側躺在地，只覺得全身雖然恢復了些許力氣，但視線仍然朦朧、嘴巴也異常乾渴。

「我知道了！」夜路啊啊大叫。「光是水分不夠，你得吃點營養的東西！」

他這麼說的同時，一面將那惡臭水瓶往盧奕翰嘴巴塞，嚷嚷大叫：「死老怪會吸血吸魄質，但你肚子裡也有阿弟！快，跟他拚了，一口氣乾掉——」

「唔、嗯！」盧奕翰瞪大眼睛，被夜路掐開嘴巴灌了滿嘴惡臭漿汁，憤怒地想要打歪夜路嘴巴，但隨即感到虛弱的身體確實開始恢復力氣。

「哇！」盧奕翰終於坐起身來，一把推開夜路。「混蛋！找點人吃的東西好不好？」

「我很樂意替你打電話訂披薩，但是等披薩送來應該需要一段時間。」夜路不停說著，隨手從腳邊蟲樹樹枝摘下幾顆飽滿褐色大果。「現在只有這個……你要是被樹老怪吸成人乾，不但吃不到披薩，且也沒辦法喝我跟青蘋的喜酒了。」

他將一顆顆飽滿蟲果扔到盧奕翰面前，一拐一拐站起，來到裹著青蘋的樹枝大繭旁，將胳臂搭在樹枝大繭上，向盧奕翰比出「ＹＡ」的手勢。

「媽的……」盧奕翰氣憤地撿起蟲果，大口啃咬起來，感到口中漿汁橫流、蟲肢扎口，又見手中蟲果缺口內殘蟲蠕動、青汁四濺，索性閉起眼睛，大口將果皮連同「果肉」一口氣塞入口裡。

「對對對，就是這樣！加油加油，多吃點才有力氣來喝我們的喜酒。」夜路見盧奕翰奮力吃起蟲果，氣色逐漸恢復，連聲讚許。「記得紅包包多點喔！」

夜路說得興高采烈，轉頭卻見到青蘋睨眼瞪他，連忙收回YA的手勢，解釋說：「我是在激勵奕翰……」他召出有財，將有財的腦袋當成手帕替青蘋抹去額上汗水，嘻嘻笑地說：「我知道在妳心裡，我的形象早已經壞光光了，但現在不是顧慮形象的時候，對吧。妳可以討厭我沒關係，但只要妳活下來，要我怎麼扮黑臉也不要緊。」

「……」青蘋一張臉被有財腦袋蹭得酥癢，終於笑開，說：「你形象一直都是這樣呀……呃？你怎麼了？」

夜路嘻嘻笑，倚著樹枝大繭緩緩癱軟倒下——他不久前與那些食蟲草一陣大戰，雖有鬆獅魔擋著，但身上幾處傷口失血過多，有財已替他裹上鬍鬚勉強止血，但他不像盧奕翰能進食補充精魄，此時體力也接近極限，虛弱地倚靠在大繭旁，呆望天花板。

「哇！比賽開始了？」小八尖叫著飛到盧奕翰身邊，見盧奕翰大口啃食蟲果，便替他啄去自果裡鑽出的零星怪蟲，嚷嚷說著：「老金不在耶，你偷跑呀？」

「不要廢話！替我找更多東西吃——」盧奕翰喘著氣，恢復了更多力氣，望著臉色蒼白的夜路說：「夜路，你聽得見嗎？這樣好了，誰活下來，誰負責照顧青蘋……怎麼樣？喂喂喂，你聽得見嗎？」

「混蛋，你們是怎樣？」青蘋連連翻著白眼，大喊：「沒人尊重我本人意願嗎？」

「抱歉，但……我也是在激勵他……」盧奕翰無奈地說：「他快死了……」

「什麼？」青蘋聽盧奕翰這麼說，試圖低頭瞧瞧夜路情況，但她全身受縛，腦袋動彈不得，看不見倒在她腳邊的夜路模樣，聽他半晌沒吭聲，急得大哭起來，尖叫說：「你們給我聽好，你們兩個誰死了，我就照顧另一個人下半輩子，聽到沒？咬緊牙關給我撐下去！這樹老怪就快沒氣了，伊恩老大一定會來救我們——」

巨大樹屋嗡嗡震動了一陣子，漸漸停下震動，本來腐朽的木櫃和地板突然開始迅速復原。

「怎麼……回事？」盧奕翰大口啃著蟲果，感應到本來逐漸衰弱的樹屋，像是得到新的能量般減緩了枯萎速度。

「老傢伙在吸取新的力量……」青蘋無奈地說：「我外公的銷毀咒能讓他身體枯萎，但如果他持續得到新的力量，可以撐很久……」

「混蛋……」盧奕翰奮力啃咬蟲果，苦著臉咀嚼、吞嚥，只覺得身體逐漸恢復力氣，開始小心翼翼地催動體內鐵身——倘若他聚集了足夠的力量，讓全身連同內臟一起化為鐵身，便能一口氣碾碎體內樹枝，並撐過那些斷枝在他體內掙扎的時間。

「可惡，不公平啊！」夜路突然哇哇大叫，抽噎著撐站起來，在周邊繞找一圈，又抱來一批果子，提著兩瓶古怪漿汁，全扔在盧奕翰面前，對青蘋說：「他肚子裡有阿弟幫忙，越吃越有精神，我一定比他早死啊……」

「夜路，你這話就不對了。」有財從夜路胸口探頭出來，說：「你有我和鬆獅魔啊，三個對兩個，比奕翰還多一個。」

「你們又不會吐魄質給我用！」夜路這麼說，同時指著自己被裹著層層繃繃、還隱隱滲出血來的大腿傷處，說：「你連血都止不住，我血都快流乾了，不像奕翰可以喝大便苟且偷生……」

「媽的，你剛剛不是快死了，怎麼突然這麼有精神？你是裝死還是迴光返照啊？」盧奕翰啃食蟲果吃得頭昏反胃，揭開那古怪瓶子更被臭得連連作嘔，但他一停下進食，立時感到體內魄質快速流失——樹老師得到新力加持，便更激烈地和青蘋爭搶樹身指揮權，此時青蘋閉著眼睛，大汗不止，體力逐漸透支。

盧奕翰只得奮力大灌惡臭漿汁，被熏得反胃想嘔，卻什麼也嘔不出來，他只要將食物吞嚥下肚，立刻就被肚裡阿弟消化，化爲魄質灌注進他乾涸的身體裡。

「呃？」夜路呆了呆，望著盧奕翰。

「……」青蘋也睜開眼睛，盯著盧奕翰。

他們似乎同時感應到了什麼。

盧奕翰也想起來，連忙瘋狂大嚼蟲果、灌飲漿汁。

「我明白了，我不是迴光返照！」夜路激動叫了起來：「我們身上還連著七魂雪姑的蛛絲！原來那蛛絲那麼堅韌，打半天都沒弄斷啊！」夜路摸了摸後頸——先前伊恩為了防止黑夢侵襲眾人，令雪姑以蛛絲連接著每個人的身子，施下引流法術，讓眾人魄質循環流動，使所有人都能沾染些張意的能力；那些刺在眾人後頸和背上的無數蛛絲，平時細得幾乎看不見，不會造成任何不適感，且極其堅韌、還能任意伸長變化，不會妨礙眾人行動。此時夜路三人受困在這木造空間裡，雖斷絕了與其他人身上的蛛絲連繫，但三人彼此間的蛛絲卻仍連著，伊恩的引流法術也持續作用——先前盧奕翰身體幾乎被吸乾，強撐著他一口氣的便是青蘋和夜路兩人身體魄質；此時他吃食蟲果、灌飲臭漿，乾涸的身體逐漸恢復，體內魄質便反向流入虛弱的青蘋和夜路身體裡。

夜路像是抓到了救生索般，大叫大嚷地揭開一具具木櫃，將裡頭看起來像是種草肥料，甚至大小能塞進嘴巴的東西全搜出來，往盧奕翰扔去。「奕翰，我懂了！你懂了沒？我們三個人的命，全靠你那鐵胃了！」

「哇！」小八與英武本來忙著替盧奕翰咬去蟲果鑽出的殘蟲，但見盧奕翰苦著臉，大口吞起夜路拋來那些更加奇怪的東西，不禁欽佩。「可惜老金不在，不然他一定輸給你！」「老金吃鐵吃石頭，但應該不吃大便！」

「誰說這是大便，這是那老妖怪用來種樹的肥料……」盧奕翰臉上青筋畢露，也不管夜路扔來什麼，抓起就往嘴裡塞，痛苦地吞下肚。

「這些東西和大便有分別嗎？」小八嘎嘎叫著。

「等等！」盧奕翰像是突然想到了什麼，對青蘋說：「青蘋，妳能令百寶樹生果子嗎？」

「咦？」青蘋呆了呆，有些愧咎自己竟然忘了這件事。她瞥向妖車，凝視半晌，一旁的蟲樹立刻竄出黑枝，伸入妖車駕駛座土中，摸摸探探，捏著黃金葛莖藤和枯萎的百寶樹根處。

「啊，土裡已完全沒有養分了，小八、英武，你們幫個忙！」

小八和英武聽了青蘋命令，立刻飛入駕駛座，扒動小爪子各自挖出個小坑，噗嚕嚕地拉起屎來。

「哇，好臭啊——」妖車被駕駛座旁的小八和英武熏得怪叫起來，卻見土壤裡那本來幾乎凋零得只剩手指長的百寶樹殘根，得到了力量般竄長起來。

「伽兮力力伽兮伽兮力力，長、繞、轉、伸——」青蘋透過蟲樹莖藤，掌握了百寶樹莖，飛快唸咒，令百寶樹根快速飛長，伸出土外，鑽進地板，與樹老師同享養分。

「啊呀！不行！」青蘋尖叫一聲，睜開眼睛。「外公為了避免力量分散，將百寶樹其他果實全封印，現在百寶樹只能長人身果。他本來沒讓我來，所以也沒教過我解開封印的方法……」

只見獲得養分而重新枝開葉盛的百寶樹，本來殘莖上那乾縮得如同一顆癟豆子的小人身果開始飛快竄長，且綻放出微微金光。

# 02 勇氣

巨貘鑽地車斜斜地往上衝鑽，張意縮在鑽地車尾端大箱裡，與蹲守在大箱旁的長門一同望著紳士。

紳士則目不轉睛地望著淑女，淑女一雙蒼白的手插在紳士肋下腹腔裡，像被固定在乾硬的水泥塊中動彈不得；白光在紳士全身流轉，繞上淑女胳臂，再流入淑女眼耳口鼻裡，有些白光會在淑女身上各處傷口上繞轉稍久些，像是紳士溫柔的輕撫。

「從那時到現在，已經過了那麼多年……」紳士喃喃地說：「我們替孩子們做得夠多了，早已到了該退休的時候了……雖然有時閉起眼睛，那時彷如昨日……」

紳士和淑女在奧勒發動全面戰爭前，已在靈能者協會裡早身居高位，且正盤算退休，奧勒卻打破了過去雙方默契，襲擊協會成員至親家人——包括紳士、淑女的數名子女。

這使得紳士在聽到伊恩斬裂協會高層辦公桌，奪下麥克風、宣布成立晝之光後，立時轉而追隨伊恩，與淑女一同加入晝之光，對四指展開長達十多年的漫長狩獵。

奧勒那時的極端襲擊手段，令世上增加了一個恐怖獵殺組織，對他和他旗下勢力造成了額外的嚴重威脅，卻也成功地掩蓋了囚禁艾莫這件事，將艾莫的失蹤，推給協會和晝之光的瘋狂圍剿行動上。讓四指各山頭勢力無暇深究艾莫去向，最終讓他成功接管全球四指——在麗塔聯合黑摩組虜獲奧勒之前，奧勒成爲四指數百年來，權位最大的一位頭目。

「如果你們不是四指，或許我們兩對夫妻有機會交個朋友，一起野餐什麼的……」紳士睜開眼睛，望著前方不遠處的麗塔。

巨貘鑽地車此時鑽進巨腦裡一處寬闊空間，這空間儼然是巨腦裡的中央控制室，四周腦壁上激烈閃爍著各式各樣的夢境畫面。

鑽地車轟隆隆地朝麗塔那大瘤撞去。

艾莫現身在麗塔身後，揚開大袖，甩出無數觸手插進巨瘤，令巨瘤前隆起各式各樣的拒馬，想攔阻巨貘鑽地車的衝撞。

同時，一群小壞腦袋嘰嘰喳喳地推著載運壞腦袋的大嬰兒車，聚在艾莫腳旁，對著衝來的鑽地車齜牙咧嘴，也召出一面面小拒馬和厚牆幫忙攔阻。

轟隆一聲，鑽地車撞開拒馬、直衝大瘤。

整顆巨腦雖然擁有巨大力量，但紳士這輛巨貘鑽地車及跟在屁股後頭的大隊貘群，卻能將食下的碎腦夢塊轉化成能與黑夢融合同化、不受黑摩組等人控制的擬黑夢，彷如病毒般在巨腦裡快速擴散。

巨貘鑽地車一吋一吋推進。

張意感到一股股經貘群吃下的力量，洶湧地灌入他體內，再洶湧地抽離他身子，藉由他的體質，將擬黑夢強化至足以與黑夢對抗的程度。

巨貘鑽地車逐漸鑽開大瘤，逼近麗塔身子。

淑女雙臂也逐漸深入紳士體內。

紳士嘔出的血染紅了他與淑女的身子。

麗塔催動更爲巨大的力量阻止鑽地車推進。

小迪奇在駕駛艙裡啊啊尖叫起來，一雙小手奮力搖動搖桿，指揮鑽地車往前。

艾莫鼓起最後的力氣躍上巨貘鑽地車，揮揚觸手捲住紳士頸子，且試圖揭開駕駛艙，想要攻擊小迪奇。他被紅線縫住的雙眼透出奇異光芒，對紳士說：「紳士淑女一直是一對。但紳士，現在你只有一個人，你的妻子站在我這方，你覺得自己一人，能夠敵我們三人聯手？」

「你算數有點問題。」紳士哼哼地笑，他拄在腳邊的鑲鑽手杖流光閃耀，身上白光繞上艾莫觸手，且飛快往艾莫頭頸爬去；同時，小迪奇呀呀怪叫了幾聲，整輛巨貘鑽地車飛快變形，車體各處竄出一條條機械臂，穿透艾莫大袍、箝住艾莫身子，喀嚓喀嚓地剪他那到處亂鑽的觸手。

「淑女在喝紅茶呢，麗塔只是控住她的肉體，她們只能算一個人；而現在的你太虛弱了，只能算半個，你們加起來，只能算是一個半……」紳士哈哈笑著，口中噴出更多血。「而我，心已經碎了，身體破開兩個大洞，算半個好了；但小迪奇能夠指揮那些貘，她才是這支貘隊的總指揮官，我加上她，也是一個半，到這邊爲止，我們勢均力敵，但是——」紳士微微轉頭，笑著瞥了瞥張意。「我們這邊還多了一個。」

「多了一個……」張意呆了呆。「是我？」

「廢話！不是你難道是我？」摩魔火頭胸上複眼閃耀紅光，揚動毛足以蛛絲扭轉張意腦袋，令他看向艾莫和麗塔。「給我打爛他們——」

「啊！」張意被摩魔火蛛絲上的熱燙火焰燙得怪叫起來。

鑽地車四周倏地竄開幾面巨大招牌，往大瘤上的麗塔砸，但立刻被大瘤周邊竄出的怪手擋下。

跟著鑽地車旁的貘群，揚動著長鼻子大力噴氣，試圖將擬黑夢的範圍一鼓作氣淹過大瘤；但大瘤上的麗塔也同樣催動全力，擋下一波波不停推擠而來的擬黑夢——

這不算大的腦瘤空間裡，腦壁上的夢境畫面和構造，在黑夢與擬黑夢的對抗下，不停飛梭變化，一下子架開礦坑木梁，接著木梁紛紛崩裂、長出巨手，巨手又燒焦竄出招牌，招牌又扭曲炸開一塊塊閃動著夢境的碎塊。

麗塔、艾莫、張意與指揮著貘群的小迪奇，正全力施展黑夢和擬黑夢，互相推擠爭搶著地盤。

自後追來的邵君也加入這混亂戰局，她不太熟練地指揮巨腦力量，喚出黑夢建築鋼梁，但那些鋼梁隨即便讓張意奪去，變化成巨大的機械鉗，反過來箝住邵君腰際，將她高高舉起，砸入巨腦壁面中。

摘下戒指的邵君雖然仍有強橫無匹的肉體力量，但身處在這黑夢與擬黑夢力量激撞推擠的中心，她全身指魔之力彷如流入海裡的河水般，小巫見大巫；她那能夠擊破巨岩的拳頭和撕開鋼板的大爪，要拆毀擬黑夢的鋼鐵招牌，也得花上好些工夫、氣力。

同樣地，守在張意身旁的長門，儘管身處戰局中央，但她三味線已毀，僅能靠著單弦勉強蓄力，偶爾襲擊艾莫，但凝聚好久的弦音，總是讓黑夢巨力吹飛，幫不上大忙。

「呀——」

一陣詭異尖叫，更多小壞腦袋們從麗塔肉瘤底下的裂縫蜂擁鑽出，尖叫著攀上鑽地車，襲向紳士、襲向張意。

「你們上來幹嘛，通通滾開！」張意怪叫著想要驅散小壞腦袋們，他們卻不聽指揮，這才想起自己現在使用的力量並非先前壞腦袋的黑夢，而是貘群造出的擬黑夢，無法控制他人心智，只好奮力召出更多招牌，像是打網球般，將小壞腦袋一一轟遠。

巨貘鑽地車上也竄出各種破壞剪，剪斷幾個撲到駕駛座艙玻璃上的小壞腦袋的手或腳，將嚎啕大哭的小壞腦袋們掐死、砸死。

「噫噫噫！」小迪奇指著駕駛艙儀表板上一處閃爍黃光的指示燈，回頭朝著正與艾莫、淑女僵持不下的紳士，嚷嚷怪叫起來。

「所有的貘都吃飽啦？那差不多了……開始吧……」紳士點點頭，眼神有些渙散，口中不再淌血——

血似乎已流盡了。

紳士望著艾莫，笑著說：「這大腦，好像……比我想像中更營養呀……看得出來你們爲了造這大腦……花了不少心力……」

「你……想做什麼？」艾莫見紳士氣色越來越糟，但對方體內卻有股奇異力量持續壓制著他的觸手與淑女雙手。

那股力量正逐漸增強，令他捲著紳士頸子頭臉的數條觸手感到灼熱生疼；他約略猜到紳士的意圖，卻收不回觸手，彷彿他才是被紳士綑縛住的對象。

「你猜猜。」紳士噗哧一笑。

「呀——」小迪奇尖聲大叫，大力拍打著儀表板上各種按鈕——其實所有按鈕和操縱搖桿一點作用也沒有，小迪奇是透過口語和叫聲與大貘們溝通。

巨貘鑽地車轟隆隆地開始變形。

被攔阻在大瘤前的鑽地車，鑽頭突然突出車體，如加裝上一條粗長脖子的長管，轟隆隆地往下鑽進大瘤下方腦壁；同時，鑽地車兩側車身飛快生出支架、張開板塊，違章建築般飛快擴長增建，彷彿要從一輛車，變形擴建成一座工廠。

四周與小壞腦袋撕咬扭打的群貘，紛紛往鑽地車聚來，一隻隻貘張嘴咬著車體支架，或是甩鼻捲上車身管線，與鑽地車同化，身體化出金屬板塊，四足變成齒輪或是地基支柱，長鼻子旋動成新的鑽頭，嗡嗡往四面腦壁鑽。

只一、兩分鐘，這巨貘鑽地車便快速擴建了十幾倍，揚動著數十條粗壯機械手臂，手臂上全是巨型鑽頭，以大瘤爲中心向四面擴張鑽掘。

「你想犧牲自己，跟我玉石俱焚？」艾莫那冰冷的機械聲音，隱隱有些激動。

「紳士……」摩魔火、張意和長門聽艾莫這麼說，都驚訝地望著紳士。

只見紳士全身白光愈漸閃耀，無數流光自淑女插進他肋下的破口溢出，捲上淑女全身、捲上艾莫全身。

「半個換一個半，很値得呀。」紳士哼了哼，說：「長門、摩魔火……接下來，就交給你們了……擬黑夢已經在巨腦裡生了根，就算無人指揮……也能持續運作。我會帶走艾莫和麗塔……黑摩組或許還能短暫使用黑夢力量，但接下來將無人替他們修補巨腦、對付持續擴大的擬黑夢……小迪奇會帶著你們回到地上，把壞腦袋那顆大頭跟淑女的身體交給伊恩，讓他善後……」

紳士這麼說的時候，大瘤底下守護壞腦袋的小壞腦袋們，已被群貘擊潰，那乾癟得如同紅棗的壞腦袋，正被群貘變化成的機器手臂搶下，塞入鑽地車尾一處大箱裡。

紳士說到這裡，眼耳口鼻都炸射出白光，像是一群離巢出征的蜂群——

一股鑽入艾莫眼耳口鼻。

麗塔和艾莫同時發出了尖銳的吼聲；此時的淑女彷如麗塔的分身，也跟著仰頸尖叫。

麗塔不再指揮淑女，而是用雙手推撐著大瘤肉壁，試著想逃離——但她的身子早與這大瘤和整座巨腦合爲一體，她此時的動作，像是奮力想將自己的身體一分爲二般。

大瘤劇烈震動，崩出一條條破痕，炸出無數夢境碎塊。

先前繞路往下鑽挖的巨大鑽頭，此時轉向，從麗塔正下方往上鑽，轟隆隆鑽裂整個大瘤、鑽裂麗塔下腹。

麗塔的上半身歪斜傾倒，撞在破瘤而出那巨大鑽頭的激烈旋頭上，如同一顆柳橙或是番茄落進啓動中的果汁機飛旋刀刃上，瞬間炸成無數碎塊。

「麗塔——」艾莫發出了撕心裂肺的聲音。

「這世上，有些人經歷過痛苦，當然不忍見到其他人痛苦；第二種人，雖然明白痛苦，卻總是面不改色將痛苦隨意施加在無辜的人身上；而我，選擇當第三種人，我專門找第二種人麻煩。」紳士的聲音自艾莫的喉間，與艾莫的悲痛慘號同聲發出。「諷刺的是，第二種人，往往只在碰上第三種人時，才稍稍思考自己過去，究竟幹了些什麼事……」

「艾莫，你現在能夠明白，一直以來，你都在幫黑摩組做些什麼樣的事情嗎？」紳士的肉體逐漸變得一片灰白，彷如過去他造出的那些美麗石雕。

紳士的聲音，則自艾莫的胸腔中發出。「你知道你們從許多無辜者身上、心中奪去的，是什麼樣的東西嗎？」

艾莫的觸手、頭臉崩出更多裂痕，耀出刺目白光；他嘴巴微微蠕動，似乎想回答紳士的問題，但他的舌頭裂開數道破痕、燒出亮白色的火焰，雪白火焰立刻吞噬了艾莫全身。

「紳士！」摩魔火自張意腦袋上蹦起，落在化成石雕的紳士身上撲撲拍拍，只見紳士完完全全變成了石像；淑女則因麗塔死去、無人控制，像斷線的風箏般癱軟倒在紳士化作的石像旁，雙手還牢牢被固定在紳士腰肋之中，一動也不動。

「告訴……伊恩……他們在……淑女身體裡……埋藏了許多陷阱咒術……一切得……小心……摩魔火……拜託你了……」紳士的聲音自艾莫身上的白火緩緩透出，逐漸微弱。

「呀！」小迪奇舉起小小的雙臂，威嚇尖叫起來。

整台巨貘鑽地車轟隆隆震動起來，車體往上抬升，自擴建蓋滿的鑽掘工廠頂部冒出，與鑽透大瘤、鑽死麗塔的巨大鑽頭重新組裝嵌合，持續往上方腦壁鑽。

底下那由百貘組成、持續擴建的鑽探工廠，仍持續運作，不停生出新的鑽頭，拖著巨大長管，蚯蚓鑽土般往巨腦各處延伸鑽掘。

「紳士……」張意和長門瞪大眼睛，望著鑽地車上的艾莫漸漸被白火燒成灰燼，像是燒盡的燭般癱垮碎散，斑斑片片落下車去。

「唔……」摩魔火躍回張意頭頂，八足顫抖，像是還無法接受紳士與艾莫同歸於盡這件事。

「師兄……」張意見到鑽地車那巨大鑽頭轉了九十度，直直指著上方，轟隆隆拉著車身直往上，忍不著問：「我們贏了？」

「艾莫和麗塔的氣息消失了，他們眞的死了……」摩魔火喃喃地說：「擬黑夢仍然持續運作，壞腦袋也到手了……可是、可是……」

「可是……什麼？」張意怯怯地問。

「老大得打贏才行。」摩魔火這麼說。

「老大……」張意與長門相視一眼，明白摩魔火的意思——

安迪失去了艾莫和麗塔，一時無人替他們修補巨腦，確實損失慘重；但倘若伊恩落敗，安迪回頭逮著張意、奪回壞腦袋，也並非難事。

「老大會輸嗎？」張意問。

「被安迪用鬼噬偷襲的那次，不算！」摩魔火有些激動。「除那次之外，有身體的老大，從來沒打輸過！只是……」

摩魔火雖未說完，但張意和長門自然明白，此時伊恩仰賴的人身果數量和時效都有限制。

下方鋼梁支架持續堆築竄長，推著巨獏鑽地車快速上升，巨大鑽頭鑽透了腦壁，整台鑽地車自巨腦頂部冒出，且繼續往上長，逐漸接近這巨大空間頂端。

轟隆一聲，支撐巨貘鑽地車上升的鋼鐵巨塔陡然劇烈震動。

張意和長門驚訝探頭往下望，只見底下的邵君像頭凶猛獵豹，飛快攀著鋼塔支架往上飛爬。

「師弟，擋下她——」摩魔火怒吼。

「去死！」張意朝著邵君揙手，令鋼塔竄出數面招牌攔阻邵君。

邵君被一面招牌拍下數公尺，立時又往上飛爬，且避開接連幾記招牌攻擊。

「啊，她動作變好快！」張意見邵君動作俐落，屢屢避開招牌揮擊，逐漸追上鑽地車，不禁驚慌起來。

「長門小姐說不是她變快了，而是我們現在少了地利！」神官高聲提醒。

此時張意等人佇足的巨貘鑽地車位於巨腦上方高空，隨著底下金屬高塔竄長筆直推升；鑽地車四周空空蕩蕩，不像先前在擬黑夢甬道裡，四面八方的壁面都能長出障礙物。

張意此時能夠指揮的，就只有這座推撐鑽地車上升的金屬高塔，因此輕易被邵君摸透了那些大招牌的攻擊來勢。

「一個招牌打不到她，就變出兩個打；兩個打不到她，就變出四個打她！」摩魔火憤怒催促。

「哇！」張意一口氣召出八面大招牌。

但一口氣召出八面大招牌的結果，是八面招牌擠成一團，反而難以揮動，被邵君踩上招牌往上一蹦，瞬間躍上老高，一下子拉近與鑽地車的距離。

然後她被長門凝聚許久的單弦銀流打在臉上，因而分神，沒搆著金屬塔柱，落下十數公尺。

邵君揪著金屬高塔上橫生出的一面招牌，止住墜勢，像隻俐落大猴在鋼塔外側飛盪一圈，再次往上追來。

轟隆一聲，巨大鑽頭終於抵著天花板壁面，轟隆隆地鑽探挖掘起來。

邵君幾秒內便再次追上巨獏鑽地車，張開巨大雙爪，催動起全身指魔之力，轟隆往鑽地車上重重一扒。

這大獏化成的巨獏鑽地車，在巨腦裡鑽食許久，蓄飽了擬黑夢力量，受邵君全力一擊，儘管車身凹陷變形，卻未嚴重損傷，豎直在車頂上方的大鑽頭仍持續飛旋鑽挖——

然而，坐在駕駛艙裡的小迪奇卻只是孩童，被這劇烈震盪一震，身子離座彈起，撞著腦袋，昏了過去。

邵君再次舉起大爪，對準駕駛艙準備轟下，卻被幾隻從車體四周竄出的怪獏咬著手腳，同時又被張意喊來的一面大招牌轟隆拍在臉上，一舉彈離了鑽地車。

邵君像隻餓壞了的鬣犬，咬著獵物怎麼也不肯鬆口般，在空中張揚大爪，揪著那些身體與鑽地車身相連的怪貘，擺盪到鑽地車尾，一爪撕裂車尾廂體，再一爪探入——

抓住張意左腿。

「哇！」張意的腿骨在被邵君掐上的那一刻便斷成了數截。

而幾乎在邵君抓斷張意腿骨的同一時刻，長門舉著琴箱飛躍在邵君頭頂上方，將那木琴箱重重砸在邵君腦袋上——

琴箱瞬間炸裂，耀起銀亮光芒，箱裡數十條備用琴弦，陡然化成一隻隻銀色小龍，往邵君雙眼口鼻裡鑽；同時，長門口咬銀撥，踩在邵君肩上，雙手揪著她那單弦，勒著邵君頸子纏繞一圈，大力緊勒，想逼邵君放手。

長門這記勒頸使力過猛，琴弦甚至嵌入自己雙手指肉裡，濺開點點鮮血。

邵君連連甩頭，伸手抹去臉上一條條小銀龍，又被摩魔火吐了滿臉火，她大吼一聲，全身魔氣爆發，震飛背上長門、震斷了頸上琴弦和頭臉上的銀龍。

張意痛苦慘號，在車廂外掀出巨大招牌，撞上邵君身子，將她頂上半空；但邵君仍未放手，將張意也一把拉出車外，雙雙往下墜去。

三人墜落在軟黏的巨腦頂部，彈動翻滾好幾下，邵君倏地站起，目露興奮凶光，咧嘴伸下長舌，分岔舌尖勾著的戒指彈動幾下——在擬黑夢範圍外，她便可以使用黑夢力量了。

「割斷自己的脖子。」邵君望著伏在巨腦上的長門，挑動舌尖說。

「別聽她的——」張意摀著腿，痛苦癱倒在邵君後方數公尺外，聽邵君這麼對長門下令，便尖聲大吼。

邵君腳下巨腦劇烈炸開幾個破口，竄出幾隻大貘，口鼻炸出滾滾黑氣，快速在邵君周圍張開一圈擬黑夢。

長門瞪大眼睛，呆愣望著自己停在頸間的手。

她雙手濺血，手上捏著銀撥，銀撥刺入脖子約莫一公分——兩、三秒前，她受到邵君黑夢力量控制，又立時被張意喝止。

「怎麼回事？這些怪物咬壞巨腦了？」邵君揮爪扒飛腳下竄出的一隻怪貘，挑起舌盯視舌尖戒指，有些疑惑這巨腦黑夢的效力時靈時不靈——這是因爲此時長門與張意仍有雪姑蛛絲相連，長門體內仍有著張意魄質護體；而巨腦被群貘破壞，力量受到干擾，再加上巨腦裡擬黑夢力量逐漸擴散，層層影響疊加，這才使得邵君未能一舉控制長門。

張意痛得連連顫抖，身子一軟，斜斜地往巨腦側面滾下。

長門也同時隨著張意一撲，與他一同往下滾，在落地前一刻，揪住了張意纏在腰際的虎咬刀柄，托住他身子，令他不致於重砸在地上。

兩人落地處不遠，便是先前艾莫模仿兩人心中新居，打造而成的那間美麗住家。

長門順手拔出張意腰間的虎咬刀，拉著張意奔入那破損住家，躲避後頭惡虎般追來的邵君。

邵君奔衝極快，幾步竄近住家，一拳擊裂白壁，衝入住家客廳，轉眼就追到張意背後。

長門猛然回身以虎咬刀劈斬邵君，但一刀還沒斬中，便讓邵君在腰際扒了一爪，整個身子如同斷線風箏般撞砸在前方白壁上。

長門的力量與摘下所有戒指的邵君差距太大了，挨了邵君這一記猛扒，腰肋被扒開幾道大口，隱約可見整排斷裂肋骨。

鮮血湧泉般洩開。

「啊——」張意沒了長門攙扶，向前撲倒在地，見到長門自前方壁面癱軟落下，驚恐吼叫地奮力往前撲爬要去救她。

他掌下按過、腳下爬過的雪白地板，變得骯髒陰鬱，且生出一條條腐鏽鐵杆、結出古怪招牌——他腿上還咬著兩、三隻小貘，令張意在哭叫撲爬過的路徑上，生出擬黑夢的路障。

邵君踢毀、扒爛那些路障，幾步追到張意身後，正探手要捏他後頸，卻被幾柱自張意腳下竄起的大招牌卡住了胳臂。

張意哭叫著扶起長門身子，攙扶她一跛一跛地往前逃——摩魔火以蛛絲緊緊綑縛住張意斷腿，使他勉強能走；然後蹦上長門身子，全力吐絲綑繞住她腰際破口。「師弟，跑快點！」

「長門小姐！長門小姐——」神官瘋了似地攀在長門肩上尖叫，拚命撥彈爪上細弦呼喚長門，生怕她一闔眼便睜不開了。

長門單手倒提虎咬刀，先前以銀流紮綑綁縛住的斷手再次斷開，此時的她蹣跚隨著張意攙扶奮力抬步往前逃出幾步，感到背後凶氣快速逼來，只能舉刀轉身，卻見到撲來的邵君撞在一道自地竄起的鐵柵欄上。

邵君落下，揪著鐵欄桿左右猛扯，張意在緊迫時分造出的這攔路鐵欄，比她想像中結實牢靠不少。

鐵欄左右是客廳通往其他房間的廊道，本來的白壁受到張意擬黑夢影響，變得斑駁黑褐，還生出片片青苔和霉斑，竄出鐵絲和奇異管線。

張意攙著長門，從短短的廊道這頭奔到另一頭，施展擬黑夢力量扯開壁面，奔出這仿造新家，只見到巨腦上方近天花板處，已看不到那巨貘鑽地車的身影——小迪奇被撞暈在駕駛艙裡，鑽地車無人指揮，持續往上鑽探，早已鑽出這藏放巨腦的遼闊空間。

「我們得爬上巨腦，追上那大怪車！」摩魔火攀在張意頭上，望著那數層樓高的巨腦，和持續竄長推高的金屬高塔，又問：「師弟，還是你有辦法造出其他逃生道嗎？」

「沒辦法，我快沒力氣了……」

張意喘著氣，後背貼在仿造新家廊道內最後一面鐵柵欄上。

那鐵柵欄上纏繞著層層鐵絲，鐵柵欄後，便是一路擊破擋路柵欄追來的邵君。

此時的邵君與張意隔著一道柵欄，相距只不到數公分，她像隻凶猛惡獸，一拳一爪轟擊著鐵柵欄，一連搥打了好幾下，只覺得這道鐵柵欄比前幾道更加堅實牢靠，她這才想起許久前，與張意在黑夢裡追逐時也遭遇如此情景。

此時邵君周圍，除了眼前柵欄之外，兩側甚至頭頂上那布滿霉斑、黃褐青苔的壁面，都受到張意以腿上幾隻小貘的擬黑夢殘力影響，加上張意天生結界力量加持，變得堅實牢靠；她回頭，只見距離背後不到一公尺處，十幾秒前才被她扯裂撕開的倒數第二道鐵柵欄，竟悄悄修復——

此時的她前後是柵欄、上下左右是堅壁，彷彿被困入一處狹小的鏽鐵牢籠中。

「師兄，你去長門頭上！」張意這麼說，稍稍轉頭，見到邵君凶臉就貼在他背後，透著鐵欄縫隙對他呼氣，嚇得猛一哆嗦差點又要尿出。

「你說什麼？」摩魔火嚷嚷地說：「我們要想辦法爬上那巨腦，才能追上大車呀。」

「不行！」張意連連搖頭。「我們逃不掉，她會追上來……」

「我不但會追上你們，還會一口一口吃了你們，小子，你希望我先吃你哪裡呀？」邵君試著將舌頭鑽過鐵欄去舔張意後頸，但鐵欄上的鐵絲飛快結長，屢屢阻下邵君長舌。

「混蛋，臭小子你到現在還這麼沒用，你……啊！難道你……」摩魔火本來聽張意不願去爬巨腦，以爲他鬥志全失，但見他以後背緊緊貼柵欄，任憑邵君在他耳邊呢喃鬼語，也沒被嚇離，瞬間明白張意此時正擠榨著自身天生奇異力量，擋著鐵柵欄不讓邵君出來——甚至將她舌尖上那控制黑夢戒指的力量，封阻在那小小的擬黑夢領域裡。

倘若張意遠離鐵欄，鐵欄效力漸失，邵君立時就會殺出——斷腿的張意與瀕死的長門，自然逃不過邵君那暴風般的追擊。

「師兄……」張意顫抖地說：「之前都是我聽你的，現在換你聽我的……你帶長門上去，想辦法向老大求救……」

「唔！」摩魔火頭胸複眼閃爍，猶豫了幾秒，倏地攀上長門頭頂，飛快在長門身上爬過一輪，以蛛絲沾黏她手腳，控制她身體行動。

摩魔火知道張意當然不是邵君對手，且他已經十分疲累，少了小迪奇下令，巨腦裡的貘也不會主動出來幫忙張意。

但此時此刻，張意這樣擋著邵君，自己盡快向外求援，似乎是唯一可行的方法了。

摩魔火控制著長門，往前奔出幾步，回身望著張意，仍然有些猶豫。

「師兄，別擔心我……」張意抹去滿臉因驚嚇過度而湧出的眼淚，說：「我……做好準備了……」

摩魔火呆了呆。「你做好什麼準備？」

「你說的……」張意吸了吸鼻子。「我做好死的準備了……」

「……」摩魔火默然兩秒，背上紅毛豎直，大聲說：「師弟！師兄以你為榮！晝之光以你為榮──」他說完，立時轉身拉動蛛絲，令長門快步往前飛奔。一面奔、一面大喊：「你一定要撐下去，我找老大救你！」

「小子，你的膽子什麼時候變這麼大啦？讓他們走，自己留下來擋著我呀？」邵君用指甲在鐵欄間摳搔撥動，發出咖啦啦的聲音，像是在尋找某些鐵絲纏繞較為寬鬆的間隙，但是當她將指甲伸入那些間隙，周圍鐵絲立時結纏封死。「你不怕我嗎？喝──」邵君陡然一聲暴喝。

「啊！」張意猛地一震，身子本能地微微彈開，但立時又緊貼上柵欄，恐懼地說：「怕呀……我很怕妳呀，妳很可怕啊……」

「但是……」張意望著遠去的長門身影，見長門在摩魔火蛛絲控制下，以虎咬刀刺進巨腦壁上作為施力點，快速往上攀爬。

「我更怕她活不了……」張意哭著說。

「原來如此。不是你膽子變大了，而是更害怕她離開你，所以說什麼也不讓我出來。這麼看來──你愛上她啦？」邵君嘿嘿笑地說：「你們搞過啦？」

「還沒呀，你們一直亂……」張意抹著眼淚，不甘心地說：「我們哪有時間搞……」

「還沒？那就是以後會搞囉？」邵君嘻嘻笑著。「那個小不點，她有什麼好？難道你喜歡小女生？」

「她不是小女生，她只是個子小……」張意抽噎地嚥下幾口不知是眼淚還是鼻涕的東西，喃喃地說：「她是……這世上……唯一……不會瞧不起我的女人……」張意一面顫抖地流淚，一面喃喃地說：「要是她不在了，我在這世界上，就一點價值也沒有了……我們說好以後要結婚、要買房子、要生幾個孩子……」

「你的願望，就這麼小一點？」邵君噗哧一笑，說：「但是我告訴你，你這小小的願望不會實現了——因爲我很快會出去，我會抓到你、抓到她；我要在你們面前，吃一口你、吃一口她；我要你們看著對方的身體，一點一點地漸漸減少，嘻嘻，有沒有很可怕？」

張意摀起耳朵，不想聽邵君喃喃不休的恐怖耳語。

但他的結界只能阻住邵君的人，卻阻不住邵君的聲音，即便他堵著耳朵，邵君的話依舊一點一滴地滲進他的耳裡。

「我感覺得出來——」邵君吁著氣說：「你快沒力氣囉。」

她掐在柵欄上的利指，一點一點地穿透那層層鐵絲網。

張意的力氣逐漸耗盡，咬著他小腿的幾隻小貘似乎也氣力全失，只能像是風鈴般掛在他腿上，而無法再輸出力量給他。

鐵柵欄開始動搖，困著邵君的兩側牆面逐漸崩出裂痕。

「噫！」張意咬緊牙關，試著讓骨斷的腳也一同出力，使盡全身力氣，用後背抵著鐵欄，與邵君的力量抗衡；他感到邵君的利指掐凹了柵欄上的鐵絲網，嵌進他的後背肉裡。

「幹……沒什麼……鐵管打在頭上還比較痛，對吧，哥……那些流氓的拳頭比較痛，對吧……」他流著淚，想起了許多年前那恐怖雨夜小巷裡，哥哥獨力和喪鼠及他的嘍囉搏鬥，掩護自己逃跑時的情景，他似乎稍微明白了一些事——

勇敢不等於不害怕。

做一件本來就不害怕的事情，何來勇敢與否？

勇敢是在面對一件令人害怕的事情時，努力地讓自己不退縮。

例如在保護心愛之人的時刻。

張意感到邵君的手指轉移位置，扎透他皮肉、刺在他肩胛骨上，那實在太痛了，他只好奮力扭身，躲避邵君的利指；同時，他摸了摸外套口袋，掏出最後幾個裝滿摩魔火火毛和攻擊符籙的小玻璃瓶，緊緊捏在手上。「我死也……不讓妳出來……」

轟隆隆、磅碽碽——邵君察覺出張意力量逐漸衰退的同時，拳頭、大爪再次暴雨般轟上鐵柵欄；張意的身體好幾次因背後的巨大震動而微微彈離鐵柵欄，又咬牙緊緊貼回去。

「師弟……」摩魔火操使著長門身子，終於爬上巨腦頂部，回頭望了望底下那住家，從這角度，摩魔火看不見張意的身影，但他知道張意仍盡力擋著柵欄。

「你一定要撐下去……」摩魔火拉動蛛絲，驅使長門抬步往前奔衝。

「長門小姐、長門小姐——」神官雙爪抓著長門手腕，像是盡力想幫長門跑快點，他不停回頭，見到長門眼皮逐漸闔上，急得大哭起來。「妳要撐下去，老大一定會救我們！」

摩魔火操縱著長門奔到了那推撐鑽地車上升的巨大金屬塔前，吐出蛛絲糾纏塔柱，準備攀爬高塔。

突然有股銀光繞過摩魔火身軀，纏住他八足，將他從長門腦袋上揪起，和神官捲在一塊兒。

「長門小姐？妳想做什麼？」摩魔火訝然嚷嚷起來。神官見到長門眼睛睜大，也驚喜叫起：「長門小姐！妳清醒了？」

長門舉手，朝上方指了指。

她雙手手指上各自捲著半截琴弦，捲著摩魔火和神官的那銀光，便來自她左手半截琴弦，那琴弦化爲一條小小的銀龍，將摩魔火和神官牢牢纏在一塊兒。小銀龍尾部則捲上虎咬刀的刀柄。

「長門小姐，妳想說什麼？」神官像是聽見了什麼，只見長門手指正輕輕撥彈戒弦，立刻凝神傾聽。「把虎咬刀……交給……父親……」

神官還沒聽清楚，立時感到身上銀龍倏地一緊，拉著他和摩魔火連同虎咬刀，一併往上飛竄，急忙驚慌大喊：「長門小姐——」

長門轉過身，此時的她沒了摩魔火幫忙控制身子，直接癱軟跪倒在巨腦頂部，腰際破口裹著的摩魔火蛛絲外滲開大片鮮血，她舉起右手，令指上半截琴弦也化成銀龍，拉著她往下飛竄，然後像隻降落失敗的鳥，跌墜在張意眼前數公尺處，翻滾數圈後再奮力爬起，搖搖晃晃地往張意奔去，撲壓在他身上，雙手也抵上鐵柵欄，像是想幫他擋著柵欄。

「哇！」張意遠遠見到長門施術驅走了神官和摩魔火，自己飛了回來，急得連連大叫：「妳爲什麼回來？怎麼不跟他們一起離開？」

他叫嚷幾句，突然感到身體裡微微湧入些許氣力。

雪姑蛛絲仍然連著他倆，長門正將自身殘存魄質緩緩引入張意體內。

「長門，妳……妳這樣做，妳的身體……撐不撐得住？」張意又嚷嚷幾聲，見她沒有反應，這才想起此時神官不在長門身邊。

「對喔……妳聽不見我說話……」張意流著淚低頭往下瞥望，只見到長門散亂的髮；他覺得她身子的起伏逐漸變得微弱。

長門似乎感到張意身體的顫動，微微抬起頭與他相望，張意的眼淚滴滴答答打在長門臉上，她右手低垂、費力抬起斷骨左手，替他拭去滑到了下巴的幾滴眼淚，將臉貼在他胸口上，凝視著手指上的眼淚。

磅磅磅、磅磅磅——邵君一連十餘記凶猛重擊之後，陡然停下攻擊。

張意愣了愣，微微轉頭，只見腦袋斜上方柵欄鐵絲網上，有處約莫臉盆大小的隆起處，那隆起處還微微崩開一道裂口。

邵君將臉湊在那裂口後，往外頭望，嘻嘻笑著說：「哦，你們在相親相愛——」

「哇！」張意嚇得猛一哆嗦，全力將身子往後推撐。

那柵欄隆起處破口周圍鐵絲迅速飛長纏繞，但邵君又轟隆幾拳，將那裂口越打越大——此時張意即便得到了長門微弱的魄質相助，但他幾乎耗盡的力量，使得鐵柵欄的修補速度，已經逐漸跟不上邵君的破壞速度。

邵君將雙手扒進那裂口，猛力往左右拉扯，她雙手變化出原形時，加起來超過二十隻手指，凶悍可怕，逐漸將那裂口越拉越開。

「去死！」張意反手往那裂口裡拋去一個玻璃瓶，施咒解開結界。

一團烈火在柵欄另一側炸開，那瓶子裡裝滿摩魔火的火毛。

嗆得邵君在柵欄另一端打了幾個噴嚏，然後繼續撕扯柵欄。

張意又塞了兩、三個玻璃瓶子進去，有的掀起冰風、有的炸出雷火，但這些咒術對摘下全部戒指的邵君而言，威力只比搔癢強一些而已。

「沒了嗎？」邵君打了個哈欠，問。

然後她猛地一扯，終於一把將柵欄扯裂出碩大開口，嘻嘻笑著，整個上半身，斜斜地自那巨大裂口裡探出，張口要咬張意的臉。

本來癱在張意懷中的長門，猛地奮力挺直身子，揚起一直低垂著的右手往邵君臉上打去，她手腕上旋繞著幾條細細的銀流——

那是她最後最後的武器，是她以手中戒弦撥彈聚成的銀流。

邵君像是早料到長門會突襲她般地張開大口，一口咬住長門那隻纖細小手，喀啦一聲，將長門整隻手掌都咬了下來，用舌頭捲吃進口裡咀嚼起來。

但下一刻，邵君微微露出驚訝神情，長門臂上剩下一小塊斷掌緣處淌洩開來的，並非她熟悉且熱愛的鮮紅血漿，而是閃閃銀光——

長門像是早料到邵君會咬她手般，面無表情地結印施咒。

銀光在邵君口裡炸開，長門右手指上的戒弦化成了最後一條小銀龍，倏倏往邵君喉裡鑽。

「幹——」張意在見到長門被咬去手掌的同時，奮力勒住了邵君頸子，將手中最後一個玻璃瓶往邵君耳朵上一砸，唸咒解除了結界法術。

一團小小的光爆在邵君臉旁炸開。

「吼！」邵君撞開了柵欄，猶如出柙猛虎，左右揪著長門頭髮和張意胳臂，胡亂揮甩幾下，然後鬆手扔下他們，搖搖晃晃地往前走遠，跟著單膝跪了下來。

邵君眼神茫然，腦袋歪斜，抬手摸了摸耳朵，身子搖晃不已。

她耳朵外，露著一截怪東西——

鬼噬釘的釘尾。

這支鬼噬釘是在穆婆婆雜貨店一戰時，安迪插入張意腰間的那支鬼噬釘。當時伊恩領著眾人齊力施術，將欲往張意身體裡鑽的群鬼驅回釘裡，又經魏云領著醫療小組，將鬼噬從張意身中取出。

伊恩花了點工夫，調整了鬼噬啟動咒術，還額外塞入一批新鬼，讓張意當成防身武器；張意從頭到尾只懂得玻璃瓶土製炸彈這招，在妖車突擊隊進軍的途中，偶爾向摩魔火和明燈，討些火毛、符咒來塡裝他那幾個隨身小玻璃瓶，順便也將鬼噬一同塞入瓶內，在這最後關頭，終於派上了用場。

摘下戒指的邵君皮堅肉硬，但耳膜倒是遠不如皮肉那麼硬，再被長門戒弦銀龍鑽入喉嚨鬆懈的那瞬間，被鬼噬釘轟入耳道，扎破她耳膜。

鬼噬發動，飛快在她耳道傷處生根竄長——

邵君雖然有一身蠻橫力量，卻不懂得癒傷治療之術，更不像懂得百種咒術且有吃過鬼噬大虧的伊恩，能夠立時施法壓制鬼噬，她在第一時間就被鬼噬竄出的群鬼，從耳道蝕入大腦。

此時邵君一身強悍無匹的指魔之力，全變成鬼噬群鬼的肥美養分，一隻隻惡鬼瞬間長大，從邵君口鼻裡冒出、從她雙眼耳朵裡冒出、從她前胸後背和四肢冒出，令邵君在一、兩分鐘內，變成了一個臃腫巨大的畸形怪物。

鬼噬群鬼像是永遠吃不飽般，貪婪地尋找食物，少部分惡鬼似乎嗅到伏在近處的張意和長門，探長了胳臂想扒抓他們，但大多數惡鬼，則有志一同地往另一個方向移動——

巨腦。

相較於那如山如城的巨腦，此時奄奄一息的張意和長門，連食物碎屑都稱不上。

張意顫抖地淌著鼻涕、眼淚、口水和鮮血，艱難抬動手臂，像隻毛蟲般蠕動身體，試著讓自己更接近長門一點。

他的身體扭曲成正常人體難以彎成的角度，他覺得整個下半身都沒有感覺了——邵君衝出柵欄之後，雖只是揪著他倆甩動亂砸幾下便扔下了，但光是那幾下重砸，就將兩人全身骨頭砸斷許多根。

長門眼神迷濛，口唇微微張動，被邵君咬去的右掌斷處銀亮不再，熟悉的鮮紅潺潺湧出，她努力地挪動斷骨左手，撫上張意伸過來的手；她的手指輕輕在張意手背上畫動著，像是想對他述說更多在這段旅途中，還沒來得及說的話。

張意感覺不出長門究竟在他手背上寫下了什麼，他猜或許是英文，又或許是些簡單的圖畫；他很想回覆她些什麼，但他會拼的英文單字不超過十個，且他覺得自己連抬動手指的力氣都快要消失了。

甚至連多看她幾眼的力氣都消失了。

「哥……這次我沒有逃，我跟那瘋婆子拚到底了……我長大了……我要結婚了……」張意覺得自己在閉上眼睛前，彷彿還喃喃講著話。

「我帶……女朋友來見你了，她好漂亮……她是個……很棒的女生……」

## 03 上菜時間

「老怪物！終於找到你了，你躲在這裡偷吃啊——」

腐朽木板炸裂，夜路舉著鬆獅魔撞入一處寬闊古怪的庫房裡。

這巨大庫房裡閃動著奇異光芒、流動著冰風，像是一座巨大冰箱；一座座大型金屬架上堆疊著大大小小的盒子、箱子、罈子、瓶子。

無數條奇異樹枝在地板上蠕動，像是一條條奮力求生的蛇。

樹老師的眞身拖著這無數樹枝，蹲伏在大室遠處那堆疊了數公尺高的大箱、大罈頂端；他雙手按著那些大箱，臂上化出一條條樹枝，扎進那些箱子和罈子裡，像隻貪婪吸取花蜜的蜂。

他的後背、鼻孔、耳朵裡噴發著滾滾不絕的腐煙，嘴巴則不停嘔出一團團腐敗汁液。

「啊！」夜路遠遠地盯著樹老師，突然感受到那大箱、大罈裡的熟悉魄質，陡然大叫起來：「那些大箱子裡裝的是清泉崗的人工魄質……還有穆婆婆雜貨店裡的古井魄質啊！」

跟著，夜路見到這冷藏庫房一座座大貨架上，遍布著密密麻麻的古怪管線，那些管線連接著每只大箱大罈，延伸進地板裡；他突然明白這深藏在萬古大樓地底的碩大冷藏庫房，作用是堆放黑摩組四處劫掠來的巨量魄質，用以餵養底下的巨腦——猶如巨腦的奶瓶。

樹老師種入身體裡的壞種子，被青蘋下達了銷毀令，持續生效腐朽，因此他逃入這冷藏庫房裡搶食魄質，抵抗青蘋的銷毀令。

「你們幾個毛頭快不行了，這裡的魄質足夠讓我撐下去……」樹老師沙啞地說：「直到我找出破解孫家咒術的方法！」

「錯！」夜路雙手舉著鬆獅魔和有財大步往前進逼，嚷嚷地說：「你以爲只有你能偷吃東西補充體力？」他指了指背後樹老師那癱在牆邊的歪斜木房，說：「裡面有個傢伙比你還能吃，有種來較量一下！」

「聽到沒有，來較量一下！」「老傢伙來跟奕翰比胃袋！」小八和英武飛竄到夜路頭頂，對著樹老師叫陣。「啊呀可惜老金不在……」

「哼！」樹老師像是懶得和夜路做口舌之爭，他嘔出幾口腐汁，突然抖了抖胳臂，甩出無數樹枝，飛蛇般往夜路捲去。

「去你的！說好了比吃東西，你竟然出手打人……你想犯規呀！」夜路哼哼舉起鬆獅魔，吼出震波轟碎來襲樹枝，此時他的身體與盧奕翰、青蘋之間有著雪姑蛛絲相連，盧奕翰吃下的肥料被阿弟化作魄質，三人同享，住在夜路身體裡的鬆獅魔自然也能得到助益。

「吼吼吼吼——」精神抖擻的鬆獅魔在夜路命令下，吼出一記記震波，瘋狂轟炸樹老師。樹老師用樹枝結成厚實樹牆，奮力抵擋鬆獅魔一記記吼波，同時甩開更多樹枝，結成凶獸，四面八方圍向夜路。

「兵來將擋，樹來樹擋。」夜路大喝一聲，往前一指。「青蘋——」

轉而聽從青蘋控制的石蓮獸、食蟲草、巨菱角等神草紛紛自那木造大房中竄出，與樹老師甩來的樹獸纏打成一團。

一條條黃金葛莖藤竄繞到夜路身邊幾座大貨架旁，片片心形大葉整齊排列得如同迴轉壽司店裡的托盤軌道。

「這個、這個、這個跟這個！」夜路興奮地竄上跳下，指揮著小八和英武，從一座座貨架上取下瓶罐、揭開封條，將裡頭的東西往黃金葛大葉上倒。

這些瓶罐箱子裡裝著的全是黑摩組四處搜刮來的珍奇異寶，有武器、有藥材——夜路此時的挑選標準，便是將這些箱盒瓶罐裡的東西，區分成「咬得動」跟「咬不動」兩種。

「奕翰餓壞啦，大夥上菜囉！」夜路彷如出餐大廚，在一片片黃金葛大葉上放上古怪獸爪、詭怪花葉、巨大蟲卵、五色藥水、蠕動內臟、乾燥斷指……

黃金葛莖藤和大葉緩緩轉動起來，將夜路、小八和英武精挑細選出來的大餐，送入後頭那木造大房裡。

盧奕翰的憤怒罵聲從木造大房中飆出。「外面那些王八蛋，給我找點人吃的東西！」

「參賽者奕翰提出抗議，他說他想吃『人吃的』。」夜路和小八、英武討論起這座供應巨腦能量來源的巨大冷藏庫房裡，究竟哪些算是「人吃的」。

「這個好像很好吃。」小八從貨架高處，抓下一瓶古怪玻璃瓶，揭開蓋子，只見裡頭是數十顆狀似紅棗卻生著細足、不停蠕動的圓蟲；英武則抓著一大截像是腸子的東西，放上黃金葛大葉托盤，無奈地回頭喊：「奕翰，沒辦法呀，你自己來看就知道了，這裡所有東西都是用來餵妖餵鬼、餵底下巨腦的，找不到餵人的！」

「也可以餵鳥呀。」小八從罐中啄出一顆紅棗蟲嚐嚐，咬了幾口突然怪叫地吐掉，哆嗦地將整罐怪蟲全倒上大葉，讓大葉轉去木房裡。

「喝！」盧奕翰盤坐在地，面前是一片片盛著各式各樣珍奇異寶的黃金葛大葉，他嘴裡塞滿了難以下嚥的東西，整張臉鼓脹通紅、青筋畢露；他索性摘下黃金葛大葉，連同葉上的「餡料」裹成春捲狀繼續往嘴裡塞。

「奕翰，黃金葛汁液有毒，不能吃……」青蘋見盧奕翰連葉子一起嚼咬下肚，連忙出聲提醒。

「沒差了，我現在吃的這些東西裡，這葉子應該是最不毒的……」盧奕翰感到頭皮和全身都在發麻，他齜牙咧嘴地咬，奮力大口吞嚥——再噁心的東西，他只要吞下肚去，就能被腹中阿弟快速消化成魄質，不會嘔出。

他摘下那片盛著滿滿古怪紅棗蟲的大葉，揉成包子往嘴裡塞，只覺得那些怪蟲外殼堅硬、六足刺銳像是釘子一般，便將口舌鐵化硬咬，終於咬裂那些紅棗蟲，咬出滿口比漿糊還稠的漿汁，黏得他嘴巴都難以張闔，趕緊提起腿旁那罐古怪汁液猛灌幾口，連殼帶汁硬吞下肚。

盧奕翰背上泛起蒸煙，他吞下肚的東西都是黑摩組四處搜刮來的珍奇寶物，營養無比，被阿弟轉化成魄質，傳至他四肢五臟；他手上抓著兩團「包子」，包子斷面裡的餡料不停蠕動噴汁，他低吼一聲，猛一弓身，背上那無數細枝盡數斷落。

盧奕翰皺眉閉目，像是在閉氣——那些殘留在他身體裡的斷枝，必須經過一段時間才會耗盡殘力，正如蚯蚓般掙動著，盧奕翰試著將內臟鐵化，壓碎殘枝。

一只大罈被幾片棋盤大的黃金葛葉片裹到盧奕翰眼前，他皺著眉頭瞧那大罈，暗暗猜想裡頭或許裝著動物甚至人類屍首，不禁連連搖頭；但他隨即感到那罈口封蓋破損處溢出的濃厚魄質有些熟悉，便揭開大罈封蓋，只感到一陣雄渾魄質迎面撲來——是華西夜市的魄質大罈子。

一個罈子，等同華西夜市一整年的稅收。

「喔！」盧奕翰瞪大眼睛，探手進罈子裡，撈出一團似雲似水的東西，在鼻端嗅了嗅，然後往嘴裡塞。

「吃起來怎麼樣？能不能吃？」英武和小八飛回這木造空間，在盧奕翰身邊飛繞，七嘴八舌地問：「魄質能直接吃嗎？」

「照理說不能……」盧奕翰一手一手地掬出魄質，往嘴裡塞、往肚裡吞，這些魄質無滋無味，甚至連碰觸感都極微薄弱，稍微比煙霧紮實，但又比液體淡薄，像是在夢中吃東西一般——但無論如何，比古怪蟲子、內臟腦漿好吃太多。

「啊！」青蘋感到全身暖和起來，有股雄渾力量湧入她身體裡。

「能吃耶，這魄質真的能吃！」小八和英武互望一眼，二鳥身上也有蛛絲與三人相連，也同時感到那股精純魄質湧入身中。

「果然有用啊——」夜路的歡呼叫聲自外傳出，鬆獅魔的吼聲頻率一下子提高不少，轟隆隆的炸裂聲猶如轟炸機過境一般。

「爲什麼我直接吃沒有效？」小八擠在大鐔邊，啄咬那些自盧奕翰指間、掌緣溢下的魄質，只覺得即便吞下肚，也會從身體裡溢出，並無法將那些魄質化爲己用。

「因爲我的肚子裡住著一隻餓死鬼，我不能直接吃魄質，但是阿弟能。」盧奕翰拍了拍結實腹肌，一把舉起大鐔，就著口灌飲起來。

「哇哈哈哈哈！」夜路瞪大眼睛，狂笑起來，舉著鬆獅魔像是舉著一挺能夠連發的火箭筒般，對著高處樹老師狂轟爛炸；鬆獅魔雙耳豎得老長，彷彿一對兔耳——這是鬆獅魔施展全力時的模樣，此時鬆獅魔每一記吼聲，威力都強大得如同火箭彈般。「吼吼吼吼吼！」

「夜路，準備好要起飛了！」有財舉起雙爪挺著上半身探在夜路腦袋外，拉動光鬚操使夜路身體，拉動他狂奔幾步，然後高高一蹦——

盧奕翰大口飲下的魄質經過阿弟消化轉移，快速流經雪姑蛛絲傳入夜路身體裡，令鬆獅魔精力充沛，也讓有財那光鬚堅韌許多，繫著夜路四肢，一拉一扯，讓夜路像個武俠高手般飛簷走壁，高高蹦起，躍在石蓮獸背上，再借力朝著躲在高處的樹老師躍去。

「喝！」樹老師並不知道盧奕翰體內餓死鬼阿弟的由來，想破頭也想不透爲何眼前負傷累累、只剩一張嘴巴不饒人的夜路，竟然轉眼變成厲害強敵，不但將他的樹牆轟得稀爛，甚至直接強襲殺來；樹老師連忙揚手揮出數條粗枝纏捲夜路，全被有財甩來的光鬚鞭開。

夜路躍到樹老師面前，舉著鬆獅魔張大嘴巴咬住樹老師口鼻。

鬆獅魔一口咬裂樹老師的臉，再憤怒一吼，炸飛了樹老師整顆頭。

樹老師那無頭殘身轉眼萎縮，底下纏繞著數座大箱的樹枝快速枯朽。

「他還沒死！」青蘋閉著眼睛，感應出樹老師眞身早一步藉著樹枝遁藏入夜路腳下那堆積如山的大箱之中。

轟隆一聲，其中一只大箱頂端炸裂，竄出一條巨大樹枝，魔手般揪住鬆獅魔嘴巴，和鬆獅魔僵持起來。

大箱堆下方，又發出一陣炸裂巨響，那是蓄飽了能量的盧奕翰，揮動鐵臂衝殺進箱堆裡，和躲在箱群中的樹枝群纏鬥起來。

這些大箱裡裝著的是黑摩組自穆婆婆古井和清泉崗劫來的巨量魄質，盧奕翰整個人泡在濃醇魄質裡，一張嘴就能吸入滿肚子魄質，他肚子裡的餓死鬼阿弟全力消化盧奕翰吸進肚裡的魄質，讓盧奕翰一身鐵身咒催逼到極限，劈扯那些樹枝像是斬豆腐般——樹老師這樹身雖然也能吸食箱中魄質，但他吸取的力量，九成以上都消耗在青蘋的銷毀咒上，剩餘的力量便難以抵擋夜路、盧奕翰與青蘋神草的三面夾攻。

在青蘋指揮下，食蟲草和巨菱角將樹老師藏身周圍的大箱紛紛搬空；石蓮獸四處遊走，扒斷那些遊蛇般探找新魄質的樹枝，以防樹老師真身藉著樹枝遁去他處；黃金葛竄入那些大箱堆裡，揪上可疑樹枝就引爆大葉。

一陣激烈爆炸之後，樹老師拖著數十條細枝自某處大箱衝出，背上還燃著黃金葛大葉燒出的火。

樹老師奮力往那木造怪房衝，想躲回大房裡，但才奔兩步，臉上挨著英武射來的一記爆炸羽毛，腳下又踩著小八扔來的小罈子，絆倒在地；他奮力掙起，被追來的盧奕翰一腳踩住背後幾條拖在地上的樹枝。

夜路也同時追到樹老師身後，左手一揚，掌上有財伸長了貓臂，小掌彈出利爪，唰唰切斷樹老師背後最後幾條吸取魄質的樹枝。

「嘎啊——」樹老師再次撲倒在地，他所有樹枝都被截斷，失去補給，再無力抵抗銷毀令，身子迅速腐朽萎縮，十餘秒內便焦爛成一地碎土。

□

「長門小姐——」

神官與摩魔火連同虎咬刀一齊被那條斷弦化成的小銀龍牢牢捲著，一路循著巨貘鑽地車鑿開的通道，筆直往上飛梭。

小銀龍光芒逐漸黯淡，神官奮力掙扎幾下，終於扯斷了小銀龍，尖叫一聲就要掉頭往下，卻被攀在塔柱上的摩魔火吐絲捲著爪子，阻止神官回頭。

「你冷靜點！」摩魔火大吼：「你一隻鳥回去有什麼用？你打得贏邵君嗎？我們得快點上去找到老大，才有機會救長門小姐和我師弟呀！」

「對對……沒錯……我們得找到伊恩老大！」神官聽摩魔火這麼說，這才稍稍回神，振翅往上高飛。

「別急，讓我來加快速度。」摩魔火以蛛絲纏著虎咬刀和神官，向上吐絲捲著高處塔柱，藉著蛛絲彈力，將他們往上彈射，再讓神官振翅疾飛上一段距離，然後再吐絲彈射。

一蛛一鳥輪流吐絲、振翅，一下子飛上十餘層樓，終於聽見上方巨貘鑽地車的鑽頭聲音。

「小迪奇！掉頭——」摩魔火和神官大叫。「我家小姐還在底下！快去救她！」他倆吼叫著，追上那巨貘鑽地車，卻見這鑽地車被困在剛才那叢林樓層中。

七、八名剽悍打手，攀在鑽地車上與一隻隻大貘纏鬥，幾個打手正試圖揭開駕駛艙玻璃罩，小迪奇抱著頭，蜷縮在駕駛艙裡尖叫嚇哭。

大鑽頭上纏動著滾滾黑氣，那黑氣捲入鑽頭軸心，使鑽頭逐漸停止轉動。

黑氣來自於蹲伏在鑽頭上方的鴉片。

鴉片全身瀰漫黑氣，雙手抓著鑽頭上的鈍齒，不但阻下鑽頭旋動，還將鑽頭往反方向轉，直至喀啦啦地冒出黑煙，這才得意停手。

「鴉……鴉片！」摩魔火和神官見到攔阻鑽地車的竟是鴉片，可嚇得魂飛魄散。

此時叢林樓層裡符光閃耀、戰聲四起，自上一路殺下支援的晝之光成員，正與近百名鴉片打手在四周高矮樹叢、大小石塊間遊鬥糾纏著。

「呀！」小迪奇尖喊著，令鑽地車身竄出數隻細瘦長貘，頂著小鑽頭衝撞鴉片，卻被鴉片一隻隻抓著捏碎。

鴉片躍到駕駛艙外，朝著裡頭嚇傻的小迪奇咧嘴一笑，高高揚起拳頭。

陳碇夫自鴉片背後落下，緊緊抓住鴉片右腕，阻止他對小迪奇揮拳。

此時的陳碇夫的力量幾乎耗盡，已恢復成人身，彷如殘燭餘火，僅憑著一口氣與鴉片死命相拚。

鴉片隨手一甩，將陳碇夫重重甩砸在駕駛艙上，卻見陳碇夫死不放手，便再將他提起，想將他的身體當成榔頭，硬生生敲爛那駕駛艙般。

幾條黃金葛飛梭捲來，纏上鴉片胳臂和全身。

鴉片哼了哼，一點也不將這些黃金葛放在眼裡，他再次甩動陳碇夫砸擊鑽地車駕駛艙。

但這一次陳碇夫撞擊駕駛艙的力道卻減弱許多——因爲這數條纏著鴉片身體和胳臂的黃金葛，其力量與強韌程度，遠遠超乎鴉片想像，大幅降低他甩手力道。

鴉片這才回頭，望向遠處那倒掛在天花板上、揮動數條木足、快速爬來的古怪木造小屋——那便是剛剛擄走青蘋、夜路和盧奕翰的樹老師木屋。

此時那木造小屋因樹老師死去而逐漸腐化，梁柱、木板紛紛解體脫落，啪啦一聲碎裂散開，屋內竄出無數條植物莖藤，托著那被拆卸得只剩下骨架的妖車安然落地。

青蘋痛苦地斜倚在鋪滿黃金葛莖葉的駕駛座裡，本來裹著她身體的那樹枝大繭，雖已隨著那銷毀令一同腐朽斷散，但仍有大量殘枝、碎渣遺留在她皮肉血管甚至是各處臟器裡，倘若是常人，則早已喪命，此時支撐著青蘋一口氣的，是循著雪姑蛛絲源源輸入她體內的大量魄質。

盧奕翰和夜路一左一右自妖車蹦下，走向圍來的鴉片打手。

「妖車，讓我坐得挺一點……」青蘋咬著牙說。

「是，青蘋主人……」妖車點點頭，調整駕駛座裡幾支金屬支架，讓青蘋身子挺直些，讓她能夠清楚瞧見四周戰局；副駕駛座塞了一只華西夜市魄質大罈，作爲神草營養來源。穆婆婆曾教導過她指揮神草吸取古井魄質。

此時連同黃金葛在內的幾株神草，都被青蘋埋入身下土堆裡，那土堆還拖出無數長根，延伸至距離叢林樓層不遠處的冷藏庫房裡，盤據著各大魄質箱子，源源不絕地吸取箱中魄質。

「小楓，別逞強了，退下吧。」夜路捧著鬆獅魔，來到台灣畫之光成員吳楓背後這麼說。

吳楓單膝跪地，雙臂纏著一圈圈被鮮血染紅的白繩，盯著眼前圍來的數名鴉片打手，她聽見背後聲音，回頭一看是夜路，翻了個白眼，唾罵著：「原來是你，我還以爲是哪個高手來幫忙了，害我白高興一場……」

「妳沒高興錯，高手來救妳了。」夜路舉起鬆獅魔，正準備大顯威風，但青蘋指揮的數株神草搶先一步，竄過夜路身邊，纏上那些打手，將他們高高提起，四處砸甩。

「怎麼……回事？」小蟲癱伏在地上，抬頭見到先前將他們整慘了的食蟲草和巨菱角，此時竟反過來掩護畫之光成員痛擊鴉片打手，不禁有些訝異。

「小蟲哥，算你倒楣，你沒跟我們一起進那木屋裡。」夜路指揮鬆獅魔，將逼近小蟲身邊的打手轟飛，笑嘻嘻地說：「那木屋帶走我們時，夾斷了你脖子上的蛛絲，你分享不到阿弟消化出來的魄質，你現在乖乖休息，看本大俠表現。」

另一邊，盧奕翰接下賀大雷一記手刀。

賀大雷右手掌外影現著一柄厚重如斧的巨刃。

倘若沒有盧奕翰擋下這厚刃，兩人腳下的陳順源腦袋就要被劈碎了。

「賀主管現在……」盧奕翰嘴巴不停咀嚼，身上交纏著兩圈以黃金葛大葉裹成的「包子」，一顆顆「包子」葉片縫隙還滴答滲出噁心汁液。

「廢話少說，奕翰。」賀大雷雙眼通紅，面無表情地說：「打倒我——臉！」

賀大雷猛出一記正拳擊向盧奕翰臉面，被盧奕翰低頭閃過。

「臉、臉、臉！」賀大雷數記帶著巨鎚的正拳，都往盧奕翰頭臉追打，跟著他大喊一聲「肚子」，對著盧奕翰小腹踢出一記正踢。

「是。」盧奕翰避開那記正踢，知道賀大雷此時身不由心、正遵照鴉片的指示殺敵，但卻在發動攻擊的瞬間說破攻擊目標，讓他有所防備。

盧奕翰還擊一拳，賀大雷卻完全不擋，用臉硬挨，同時一記正拳，擊在盧奕翰心窩上。

賀大雷這記正拳外掛一記重鎚，將盧奕翰轟退數步——倘若沒有阿弟魄質支撐，當胸挨著賀大雷這記重鎚，即便他有鐵身護體，也要倒地好半晌了。

而賀大雷用臉硬挨盧奕翰鐵拳，整個人向後仰倒，卻又瞬間站起，繼續對盧奕翰發動下一輪狂攻。

「賀主管！」盧奕翰見到賀大雷鼻骨歪裂、鮮血浸面，可嚇了一跳，他過去和賀大雷在道場對練過許多次，從未見過賀大雷這種只攻不守的打法，這種打法當然不屬於任何一種格鬥流派，而是不要命的殺人打法。

「搞清楚，奕翰，我們現在不是練拳。」賀大雷連續突出數記手刀。「是搏命！是作戰！你如果當我是主管、是大哥，就出全力宰了我——我的身體被鴉片改造成殺人武器啦！宰了我，快——」

「鴉片……」盧奕翰舉著鐵臂，奮力擋架賀大雷劈來的手刀重斧，不時轉頭找鴉片身影。

「我操……老賀這白痴……」小蟲在身上掏摸找菸，喘著氣說：「以前兄弟要你幫忙殺四指，你說違反規矩……現在叫人殺自己倒這麼大方……」他說到這裡，往陳順源望去。「你有沒有菸呀？」

「我抽菸是爲了施法……早用完了……」陳順源臉色蒼白，他的斷臂雖已被小蟲止了血，但體力也將要透支，此時也隨手在地上摸找，像是想找著幾截菸頭，抬起頭對小蟲喊：「你找著菸別抽啊，留著讓我放法術！」

「誰理你。」小蟲拒絕。「我的刺青鬼手癮頭很大的，沒有尼古丁他不工作的。」

「媽的，你們給我閉嘴！」賀大雷焦躁地出拳。「有力氣就站起來幫奕翰殺了我！」

「我手都被你砍掉了，怎麼殺你？」陳順源這麼說。

「我打不過你啦幹……」小蟲繼續找菸，終於從地上摸著一截菸屁股，捏起來才想起手邊沒有打火機。

「盧奕翰！打我要害！手刀化鐵，刺我咽喉——」賀大雷雙眼圓瞪，猛地突出一記正拳。

「就是現在！臉！」

盧奕翰側身閃過賀大雷這記重拳，像隻大猴子般揪著賀大雷右臂，雙腿夾住賀大雷肩胸和脅下，將他翻倒在地，使出一記腕十字固定。

「王八蛋，我不是叫你別用寢技！」賀大雷暴吼，掄揚左拳——正常人受制於腕十字固定，用另一手揮拳，頂多只能打著敵人膝蓋小腿，但賀大雷這家傳法術，讓手腳外掛出碩大的重鎚厚刃，能夠一舉砸中對方腦袋要害。

賀大雷這麼揮手一勾，左手外側重鎚粗得如同電線桿柱，結結實實往盧奕翰頭臉撞去。

盧奕翰咬牙緊縮下巴，鼓動全力，用他那鋼鐵額頭硬挨賀大雷重鎚。

轟！劇烈的撞砸聲自盧奕翰額頭炸開。

盧奕翰眼冒金星，但絲毫未鬆手。

他對賀大雷使出十字固定並非失誤，而是刻意而為，他一開始就不打算聽從賀大雷指揮。

磅！第二記重砸聲從他額頭響起，盧奕翰覺得三魂七魄都要被敲出了腦袋。

「混蛋，快放手！」賀大雷正拉回左手，準備蓄力揮擊第三鎚，小蟲突然撲了上來，肩背甩出鬼臂，在賀大雷被盧奕翰扣著的右臂上，飛梭刺下一個大大的「虛」字。

那個「虛」字筆劃飄出灰紫怪霧，令賀大雷被盧奕翰扣住的右臂登時痠軟無力，也令盧奕翰得以騰出手，接下賀大雷揮來的左拳，進而扣住他左腕。

小蟲也迅速在賀大雷左臂上，再次刺下一個「虛」字，令賀大雷左拳也登時無力——這是先前妖車行進途中，小蟲與盧奕翰便已討論過，一旦賀大雷遭到黑摩組洗腦變成敵人時的反制戰術。

此時小蟲雖然負傷疲累，但負責壓制賀大雷的盧奕翰卻有巨量魄質加持，令小蟲和盧奕翰這思索多時的反制戰術一舉成功。

「好樣的！小心我的腳來了——」賀大雷猛一喊，在小腿脛骨外附上重斧，高高一抬，往盧奕翰和小蟲劈去。

盧奕翰踩上賀大雷肚子，雙臂高舉，硬扣住賀大雷劈來的腳斧。

小蟲則以胳臂勒著賀大雷脖子，扳緊他腦袋。

「大力點！你沒吃飯呀？這樣勒不死我。」賀大雷哼哼怒罵。

「剛吃下肚的餅乾都被你打吐了，我哪來力氣勒死你這隻猩猩？」小蟲焦躁罵著，卻未加重勒頸力道，而是以拇指按賀大雷眼皮，甩來鬼臂，飛快在賀大雷雙眼皮外刺兩個「幻」字。

「我叫你們宰掉我，你在做什麼？」賀大雷驚問，只感到眼前花花亂亂地閃爍起來。

「你猜猜看啊。」小蟲這麼說，又令鬼臂在賀大雷雙耳外飛梭刺開一圈古怪符字。

「搞什麼？快殺了我！」賀大雷感到耳朵也開始嗡嗡作響，猛地掙扎起來，突然感到兩人不知怎地，同時躍離他身子，便呼地翻身躍起，再次擺出空手道架勢。

「怎麼回事？你們被我打傷了？」賀大雷正困惑間，只感到雙手力量恢復，重新架起了他那傳家寶刀；同時眼前的閃光和耳外的噪音漸漸消褪，小蟲叫囂的聲音陡然響起。「好樣的！過來呀，我在這裡，王八蛋，傻大個兒！」

賀大雷混亂驚怒之際，只見小蟲、盧奕翰、陳順源的身影，忽遠忽近地飄忽著。有個猛一看像是陳順源、再一看又變成盧奕翰的傢伙，個頭似乎比記憶裡的他們都矮上許多，卻壯碩得不得了，正與石蓮獸、食蟲草、巨菱角和黃金葛糾纏亂鬥著。

同時，在那矮壯傢伙四周，也有不少看起來像是小蟲的傢伙奔來走去，各個都朝他挑釁。

「來呀、過來呀，來揍我啊！」

「混蛋！爲什麼不殺了我——」賀大雷怒吼著朝那一個個小蟲衝殺而去。

「傻大個，你眞想死，就想辦法一頭撞死啊，我才不想幫你這個忙。」小蟲緊跟在賀大雷身後，一拐一拐地追著他，他肩上鬼臂還高揚舉著，鬼臂指尖上的墨汁拖曳出兩條奇異墨線，繫著賀大雷雙耳。

「打我呀、來打我呀，來來來！」小蟲的聲音循著奇異墨線流入賀大雷耳裡，令賀大雷將迎面奔來的三名鴉片打手，都看成了他或是盧奕翰——他在賀大雷眼皮和雙耳外刺下的刺青，能夠令賀大雷產生幻視幻聽。

在小蟲耳語暗示下，賀大雷將鴉片和其打手們，全看成了陳順源、盧奕翰等人——小蟲和盧奕翰解不開艾莫施在賀大雷腦袋裡的控制法術。

但能令賀大雷認錯人。

「小心，我拳頭要打你臉！」賀大雷咆哮著，一記正拳轟去，將一個趕來的鴉片打手，轟得飛騰翻起。

「臉臉臉臉臉！」賀大雷雄猛出拳，將奔來的鴉片打手一一擊倒——那些打手本來的目標是跟在賀大雷身後的小蟲和盧奕翰，可沒料到賀大雷對他們出拳。

「混蛋，奕翰，你怎麼了？你不會躲嗎？」賀大雷怒吼著，踏過一個個假的盧奕翰和小蟲，朝遠處那變矮變壯的陳順源衝去——

那是鴉片。

「喝！」鴉片一拳擊裂石蓮獸，被濺了滿身碎裂石蓮葉瓣，那些葉瓣飛快生根，往鴉片皮膚裡鑽，卻鑽不透鴉片那堅韌如鐵的皮肉；幾座連花帶葉的巨菱角，此時雖在陸上，凶猛卻不遜於水戰，彷如奇異怪獸，紛紛揚起莖藤揮甩菱角往鴉片頭上砸，全被鴉片揮拳擊碎。

這些神草後方無數長根，正源源不絕地自後方冷藏庫房裡吸取大量魄質，加持著神草植株，與鴉片全力大戰。

巨貘鑽地車裡，小迪奇抹著眼淚，胡亂拍打儀表板，嚷嚷指揮著車上幾隻小貘，將那被鴉片扭壞的大鑽頭修理完好，準備重新啓動。

神官嚎啕大哭地自一旁巨塔地洞裡飛出，地洞躍出兩隻貘，背上綁著兩個人——是張意和長門逐漸發冷的屍身。

原來摩魔火與神官趁著青蘋指揮神草逼開鴉片纏鬥之際，嚷著要小迪奇掉頭去救底下的張意和長門；小迪奇一面指揮貘群修車，一面命令底下群貘探查情況，幾隻小貘沒有發現邵君，卻找著張意和長門的身子，運了上來。

摩魔火背上纏著一條向青蘋討來的莖藤，攀回鑽地車駕駛艙上，高聲怒吼：「繼續往上，小迪奇——」

巨貘鑽地車轟隆隆發動，底下巨柱重新開始堆高，撐著鑽地車繼續往上升。

這頭，鴉片抬手格開衝來的賀大雷一記正拳，不解賀大雷為何會襲擊自己，但他依舊面露不屑。「你們解開了這傢伙腦袋裡的控制法術？沒差，不過讓我多一個拳靶子罷了！」

他一把掐裂賀大雷正拳外架著的重斧。

「拳靶子不只一個！你有本事通通打光！」夜路遠遠地舉著鬆獅魔，對著鴉片腦袋轟來一記吼波；與盧奕翰共享魄質的夜路，舉著鬆獅魔吼出的吼波雄渾無匹，即便鴉片驅動十根指魔之力，被吼波擊中腦袋，也不免微微暈眩。

「媽的，有本事通通上來！」鴉片惱火地扯斷一條條纏著自己腰腹和雙臂的黃金葛，只覺得這些吸取了巨量魄質的神草變得堅韌強悍，扯斷一條又來三條，難纏得很。

鴉片下半身，則被十數株中型捕蠅草牢牢咬著，疊成一座小丘，令他難以行動。

賀大雷胳臂外側，架起一雙重鎚，奮力與鴉片對轟。

鴉片雙臂上掛著一圈圈黃金葛，力量受到限制，但仍輕易擊碎賀大雷那外掛重鎚，正想趁勝擊斷賀大雷胳臂，卻被從旁殺出的盧奕翰一拳搥在臉上。

「別給他喘息機會！」夜路捧著鬆獅魔繞到鴉片背後，不停朝著鴉片後腦吼出震波。「一口氣打趴他！」

鴉片雙腿被神草糾纏，行動緩慢，才要揍夜路，腦袋又被盧奕翰狂毆數拳，轉身要還擊，又被鬆獅魔吼波炸了個滿臉。

賀大雷重新架開重鎚，悲痛地掄拳往鴉片全身狂擊，與他並肩作戰的盧奕翰和夜路，在他眼中，竟模模糊糊地有些像是黑摩組成員。

他以爲自己正與黑摩組成員聯手攻擊過往故友。

四周神草交錯飛長，晝之光成員在神草掩護下，將一個個鴉片打手逐一打退或是打死。

「你剛剛說誰是靶子？你說說看啊！你才是靶子、靶子、靶子、靶子、靶子！」夜路一面罵，一面捧著鬆獅魔遊繞掠陣，對著鴉片後背狂轟猛炸。

「吼——」鴉片憤怒大吼，猛地鼓動魔氣，一口氣震脫身上神草，高高一蹦，像是想要躍離這些糾纏不休的神草，卻被自空襲下的陳碇夫踹回地上。

陳碇夫雙臂嚴重骨折，此時驅動著一批以殘餘力量逼出的飛蟲，重新參戰，要與鴉片最後一搏。

陳碇夫重回戰局，四周蟲樹樹枝上一顆顆果實，也隨之震動起來——青蘋不喜歡蟲子，且她不是蟲師，不懂馭蟲，純粹只是爲了讓盧奕翰沿途補充營養，才令蟲樹長出蟲果——且她爲了讓盧奕翰隨手便能摘得果子食用，四周蟲果倒生出挺多。

青蘋只能控制神草，卻無法控制蟲果裡長成的蟲，群蟲感應到陳碇夫體內魔蟲力量，劇烈騷動起來，紛紛鑽裂蟲果，飛竄漫天——此時四周沒有其他蟲師，陳碇夫體內魔蟲自然而然成爲群蟲首腦。一批批飛蟲往陳碇夫飛去，往他身體裡鑽。

「喔？」陳碇夫得到了新的力量——一隻隻被精純魄質餵養長大的飛蟲，鑽入他身體裡，成了零零星星的額外補給；他那嚴重斷折的雙臂開始緩緩修復，且披覆出新的蟲甲。

「陳碇夫能靠著蟲來療傷！」夜路第一時間察覺出在天上陳碇夫的身體變化，立刻大叫：「青蘋，生更多蟲果子——」

四周蟲樹陡然高長，結出更多蟲果。

盧奕翰一面與鴉片對峙，吃光了身上攜糧，也不時隨手摘下蟲果大嚼；他先前在木屋裡吞食一輪恐怖臟器、惡臭汁液和詭異殘肢後，此時啃起這些新生蟲果，像吃飯糰般輕鬆自在。

「就憑你們這些雜魚也想打倒我！」鴉片憤怒大吼，揮拳擊碎巨菱角、扯裂黃金葛，和吞入滿腹蟲果的盧奕翰對上幾拳、再扛下賀大雷幾記重斧、轉身迎戰重新生出蟲肢的陳碇夫。

啪！一截伴著冰風的菸屁股鑽入鴉片耳裡，炸開冰霜——陳順源在吳楓攙扶下，勉力站起身，隨地撿拾能夠讓他施法放術的菸蒂或符紙，也加入圍攻鴉片戰局。

陳碇夫竄至鴉片背後，自後架起他雙臂；夜路舉著鬆獅魔一口咬住鴉片左腕；盧奕翰奮力扣住鴉片右臂；四周神草飛梭捲來，牢牢纏繞著鴉片雙腿和全身。

眾人再次聯手壓制住鴉片。

陳順源拋來一張寫著符籙血字的破衣罩上鴉片口鼻，那破衣迅速結冰，凍著鴉片口鼻。

「吼——」鴉片鼓氣吹碎冰罩，全身魔氣激震，但這一次卻未能震開盧奕翰等人——他的指魔氣力消耗到一定程度，但青蘋的神草卻仍從冷藏庫房裡源源不絕地吸取魄質強化神草，生出無數蟲果，孵出一批批蟲群湧入陳碇夫體內；盧奕翰大口吃食那些以濃醇魄質養出的蟲果，消化成充沛魄質，流入青蘋身體裡讓她續命，也讓夜路及體內有財、鬆獅魔精神百倍。

「順源——」賀大雷悲憤怒吼，挺身站在被眾人牢牢架著的鴉片面前擺開架式，一記記外掛上重鎚的正拳如同飛彈，照著鴉片頭臉胸腹狂轟猛擊。

「靠北喔，老賀你腦袋燒壞了？爲什麼一直看著鴉片喊我？」陳順源像是還沒完全搞清楚賀大雷的處境，一跛一跛來到小蟲身邊，又扔出兩張破布畫成的符，罩上鴉片雙眼，結出厚重冰霜。

「幹，你別來亂！」小蟲推開陳順源，不讓他干擾賀大雷此時的幻聽和幻視。

「左邊鴉片、右邊邵君，順源背後架人的是……那個姓宋的。」小蟲在賀大雷後頭耳語。

「我呢？我當安迪好了。加油，出手重點，打死順源！」

賀大雷淚流滿面，一記記手刀往鴉片胸口突刺，彷彿看見黑摩組眾人聯手壓著陳順源讓他痛擊。

「小蟲哥，現在賀主管把我看成阿君？」夜路聽小蟲讓他扮演邵君，有些不情願。「我跟你的角色可不可以對調一下？」

「吼——」鴉片再次炸開魔氣，僅能稍稍逼開眾人壓制，轉眼又被牢牢制住。

「別跟他客氣！攻他要害，找出他身上脆弱的地方——」夜路捧著鬆獅魔咬住鴉片左腕，利齒一鑿鑿深入；有財也甩出數條旋著貓毛氣流的鬍鬚往鴉片耳朵鑽刺。

陳碇夫全力架緊鴉片後背，同時鼓動成群飛蟲爬向鴉片雙眼口鼻裡鑽；盧奕翰兩隻鋼鐵胳臂牢牢扣住鴉片右臂，不時轉頭咬食爬上他肩膀的蟲樹枝長出的蟲果補充體力；鴉片下半身被堆疊成丘的捕蠅草和毛氈苔牢牢捲住，小八飛到了那小丘上，抬起爪子指著鴉片下腹位置。

「男人全身上下最脆弱的地方，不是蛋蛋嗎？」小八嘎嘎地說：「穆婆婆說的。」

「青蘋——」夜路大喊。「交給妳了，用黃金葛炸他蛋蛋！」

「太噁心了吧！」青蘋癱在妖車上氣喊。

「跟他客氣什麼？」英武急急飛到青蘋身旁催促起來。「炸啊！」

「對呀，快炸！」「炸！」小蟲和盧奕翰也連連點頭。

青蘋還在猶豫之際，一群大大小小的鍬形蟲，已經列成數隊，自堆疊在鴉片腰際的捕蠅草間隙鑽入，往他腿間飛快攻去。

「喝！」鴉片仰頭怒吼，再次鼓動魔氣，震碎全身飛蟲，但被陳碇夫逮著他出力後的瞬間空檔，雙手化成螳螂大鐮，在他咽喉處扯開一道深長破口——

替惡蟲大軍開出了一條新路。

大群惡蟲自鴉片喉間破口鑽入，上下鑽衝螯咬。

同時，青蘋終於對黃金葛下令，裹著鴉片下半身那神草小丘轟隆一震，火光自鴉片腿間耀起。

「吼！」鬃獅魔喀啦一聲，終於咬碎鴉片手腕。

「順源呀——」賀大雷吼叫著，對著鴉片正面擊出一記手刀，臂外掛著那柄黑色重刃，刀尖轟進鴉片右眼。

# 04 最後的勝機

萬古大樓頂上那片由王家傘堆疊成的巨型圓屏，猶如拼湊到一半的不完整巨蛋頂部，圓屏上攀著成千王家傘魔，各個手持凶器，全身纏繞著黑鏈，體膚蒸騰起魔風。

「三隊、四隊別硬衝！」阿滿師站在空中大蓆上，雙手一張，接過化胎妹子捲來的兩把傘，啪嚓張開。

兩把傘一青一紅，青傘生出帶葉竹枝、紅傘散溢絲絲紅霧，這是郭家名震天下的兩把鎮宅傘。阿滿師捏緊傘柄，說：「別急，聽俺號令！」他說到這裡，嘆了口氣。「可惜俺另外兩把傘被那阿蝦、阿鬼玩壞啦，不然這大場面，咱郭家鎮宅四傘一起上，多威風呀！」

「老郭，你不繞路，你想直接撞上去？」孫大海站在大蓆中央兩包土堆後頭，一手扶著化胎青竹、一手按著古井大樹身，見這大蓆斜斜往下，像是想往那巨型圓屏撞去，不禁有些驚訝。

「是呀！」阿滿師哼哼地說：「你怕呀？」

「當然怕呀……」孫大海睜大眼睛，只感到大蓆越來越斜，蓆面上生出更多竹枝，牢牢捲住眾人腰腿；同時，上萬片竹葉隨著青風在大蓆上下左右飛旋繞轉，像是護衛一般。

大蓆距離圓形巨屏只剩不到數十公尺，前方空中閃耀出一團團兩家先鋒飛傘相撞時炸出的光花。

「膽小鬼，怕的話，就幫忙顧著我這老樹！」穆婆婆大力拍了孫大海腦袋，雙手在那古井大樹身上拍了拍。

大樹倏地竄出一截粗壯橫枝，穆婆婆揪著細枝攀踩上橫枝，像是踩在龍頸上。「老頭子，看你的了！」她吆喝著，駕著樹龍繞至大蓆下方往前飛衝，衝到了最前頭，像是想將這粗壯樹龍當成攻城槌般，一舉撞破巨型圓屏。

穆婆婆左手揪著樹龍上的細枝，右手虛抓兩下，嘖嘖地說：「忘了帶支竹掃把出來，打起人不習慣……」

穆婆婆還沒說完，又有六條樹龍唰唰飛繞至穆婆婆左右，作爲護衛，孫大海的聲音從上方傳下：「要掃把還不簡單，我讓化胎妹子替妳造幾把。」

孫大海這麼說，搖了搖身邊青竹，青竹上方的化胎妹子微微一笑，十幾把旋繞青光的竹掃把立時飛快結成，竄至穆婆婆身後，在那樹龍背上列成一排。

「哦！」穆婆婆抽出一支掃把，單手舉著，只感到這青竹掃把灌滿充沛魄質，隨手舞弄撥掃，能在空中掃出一道道青色流光。

「你們兩個想搶俺頭香呀？」阿滿師見穆婆婆乘著樹龍、孫大海指揮六條樹龍，都搶在大蓆前頭，不禁呀呀大嚷起來。

大蓆距離巨型圓屏只剩不到二十公尺。

圓屏上王家傘魔吼叫地甩出一條條黑色鐵鏈，射向樹龍和大蓆。

大蓆上方陡然耀起一片青光，上萬條細枝暴雨般射下，捲開條條黑鏈、穿透一片王家傘魔身軀——這上萬細枝來自阿滿師那把青色的竹頭鬼子傘。

六條樹龍急急搶在穆婆婆前頭，一舉撞穿那圓屏傘幕、撞飛攔路傘魔，掩護穆婆婆那樹龍持續往下，轟隆隆砸上樓頂地板。

穆婆婆持著青竹掃把躍下樹龍，終於踏上萬古大樓頂。

四周成群王家傘魔一見穆婆婆，立時圍攻撲去，穆婆婆周圍六條樹龍頃刻竄出新枝掃打傘魔，還彼此糾結纏繞，結成六角堅牆，阻住圍攻傘魔。

大蓆落上那巨大傘屏，圓屏上的傘魔咆哮著殺來，突然腳下耀起白光，那白光似牙似爪，紛紛咬住傘魔的腳——何孟超單膝蹲在蓆上，一手按著蓆面，一圈圈白光以他為中心向外擴散。

那些被白光咬著腳的傘魔，像是踩上蟑螂屋般，連抬步都顯得僵硬艱難，隨即又讓化胎妹子撒來的竹葉貼上眼睛，再被阿滿師那竹頭鬼子無數青竹細枝透體穿殺。

「吼——」一聲剽悍尖嚎響徹天際，半人鹿魔羌子自阿滿師手中紅傘衝出，猶如一頭殺入犬群的瘋牛，重蹄踏扁四周王家傘魔，高舉一雙粗壯人臂揪著兩隻傘魔左右掃打。

「化胎妹子，大樹老哥替咱們打好了地基，咱們直接在這裡築城吧！」阿滿師舉著雙傘，腳下大蓆唰唰變化，化胎青竹與那竹頭鬼子的青竹本便源自同一批青竹植株，此時混在一起，分不清彼此；一條條細枝彷如密密麻麻的小蛇，將大蓆周圍紙傘扯了個稀爛，一截截青竹循著那七條樹龍飛快往下長，在樹龍外側結出一道道圍籬和平台、在內側鋪開一圈圓形竹梯。

孫大海循著青竹圓梯往下急奔，一連奔下數層樓，與穆婆婆會合，他身上纏著青竹軟枝和大樹細芽，即使人未守在兩袋土包旁，也能夠感應得出大樹和化胎青竹的變化，能夠隨時提點照料。

此時這撞穿王家傘圓屏的幾柱古井大樹樹龍，與化胎青竹結成的竹梯和防禦圍籬，儼然成了一座古代攻城戰樓。而阿滿師腳下本來那大蓆位置，此時鋪開一片青竹平台，成爲這戰樓至高點。

「跟上、跟上！」阿滿師舉著雙傘，指揮郭家傘魔破壞四周王家傘結成的圓屏傘幕，讓後方的直升機隊得以駛近支援；他吆喝著驅下幾隊郭家傘隊支援穆婆婆和孫大海，還探頭往下張望大喊：「曉春，妳在哪兒？」

「我看見她們了！」穆婆婆大聲回應，她和孫大海在樹龍結成的六角圍籬裡，透過窺視孔往外望了半晌，終於見到郭曉春和安娜的身影。孫大海扯著喉嚨往上喊：「老郭，你在上頭守著這樓城，別讓他切斷我們後路，我們替你找回孫女。」他一面說，一面拍了拍樹身，那面向郭曉春方向的樹枝堅壁立時竄出新枝，結成一道門。

樹門啪嚓向外推開，穆婆婆蹲伏在一條分支新長出的樹龍頭上，左手揪著樹龍枝節、右手拖著青竹掃把，像是個出陣將軍般衝出城門。

她揮揚掃把，劈開一隻隻撲來的王家傘魔；在她身旁左右，則追著數條護身樹龍，掩護穆婆婆衝鋒。

穆婆婆年輕時是近戰好手，慣用的武器不是大鎚就是砍刀，之後長居雜貨店結界，加上有協會保護，親自動手與邪魔搏鬥的機會少之又少，但若有必要，也能將掃把當成大砍刀來劈魔、劈人——化胎妹子造出的青竹掃把，可比穆婆婆過去用的竹掃把厲害不少，在穆婆婆手上隨手一揮，不但能甩出怪力，一條條竹枝還像無數把利刃，將王家傘魔斬得皮開肉綻。

「阿公、穆婆婆——」郭曉春指揮著自家殘破傘隊，奮力抵抗圍攻傘魔，往穆婆婆來迎方向移動。

「好一個郭意滿……」王寶年冷冷望著眼前戰局，酸溜溜地說：「眞有你的，你竟有辦法把你老家裡那竹魔連竹帶土都搬來……你郭家傘用那竹魔生出的竹子作骨，仗著她幫忙，你才能一口氣指揮這麼多傘……」

「是呀，不行嗎！」阿滿師聽王寶年這麼說，立時回嘴：「俺有化胎守護神、又有天才乖孫女，這麼多人幫著我。怎樣，你嫉妒呀？你這死老鬼把自己煉成傘魔，又幫著外人害死自家後代，讓自己絕子絕孫，當然沒有人幫你，你是自食惡果！」

「哼哼、哼哼……」王寶年揪著無數鐵鏈，臉上忽青忽白，像是被阿滿師這番話打著了痛腳。

「你就算能甩出鐵鏈當手，也沒辦法同時拿著一萬把傘，對吧！」阿滿師見四周王家傘的數量雖是己方十倍，但進攻陣勢卻零星片斷，一隊衝完才來下一隊，四周大批高懸在空中的王家傘大都靜靜待命——阿滿師並不知道，王寶年此時還得忙著幫助萬古大樓裡的安迪壓制那千年狐魔硯先生。

直升機隊逐漸逼近萬古大樓上空，何孟超向直升機上的魏云打了個手勢，魏云一聲令下，數隻飛空小鬼抱著兩條長繩，唰地往下撲來，一隊郭家傘魔隨行掩護，將兩條繩索提上大蓆土包前。

「孫大海，你怎麼下去了？這繩子怎麼用？插進土裡就行了？」何孟超朝著底下大嚷，下頭孫大海吆喝：「是啊，你就插進土裡就是了！」

何孟超提著兩條繩索往那土包湊近，還沒觸到土，便見土堆竄出許多細根捲上繩索，將繩索拉進土裡；他立時抬頭，再次向魏云打起手勢。

直升機隊下方串連著的魄質大箱群再次運作起來，將箱中魄質源源不絕地送入兩袋土包，替化胎與古井大樹補充力量。

「混蛋呀——」一聲尖銳咆哮自遠方傳來。

魏云站在直升機艙門旁，拿著望遠鏡往那聲音望去，臉上微微變色——

莫小非與周書念伏在一隻黑影巨鳥上，快速往萬古大樓飛衝而來。

□

萬古大樓中段樓層裡燃起的巨大火焰裡，伊恩斷手像隻陀螺般破火衝出，被躍起的老金一口銜住。

老金落地後先是避開奧勒幾記猛擊，跟著拔足狂奔，又避開宋醫生幾記大手扒抓，在硯天希放出一陣墨繪咒獸掩護下，循著樓板破口一連逃下十數層樓。

伊恩斷手上貼著幾張符，有些符能避火、有些符卻在放電，幾張符飄上老金後背，符裡伸出鬼爪拔他虎毛、撕他皮肉；老金反手拍落那些鬼符，正想發怒，卻感到無蹤揪著他尾巴亂咬起來，氣得大吼：「小子，你這些傢伙怎麼回事？」

「抱歉，七魂刀斷，他們有點興奮……」伊恩仍然緊握斷刀，全力壓制七魂老友們；此時七魂互相糾纏，有時攻擊伊恩、有時又護著伊恩。

「大老虎，讓我拿拿看！」硯天希飛竄追來，想替老金接手拿刀，手才剛伸去，便讓切月紅光削過頭頂，割落半截狐耳，嚇得連忙彈開老遠。

「喝！」老金臉上也讓那紅光削出一道血口，見伊恩斷手落地，斷刀不受控制地亂震，一時也不知如何是好。「好像不只一點興奮呀！」

「你們別碰我！」伊恩這麼說。「別再刺激他們……」

伊恩還沒說完，上方樓板啪啦啦地崩裂，奧勒和宋醫生再次追擊殺下。

「又來啦！」硯天希施畫貓舌咒，放了隻小貓在頭頂治療斷耳，見追兵殺到，立時拉著夏又離畫咒備戰。

但宋醫生和奧勒還沒行動，上方再次炸開劇烈大火，化爲巨狐的硯先生凶猛蹲伏在高處，像是隻準備發動攻擊的凶獸；安迪則緊握青傘，落在硯先生肩上，微微露出疲態。

宋醫生有所警覺，立時退遠，但奧勒卻像是渾然未覺般持續追擊老金和硯天希。

「那安迪到底什麼來歷？他竟能壓制化出眞身的硯先生？」老金見硯先生已經變化出巨狐身形，魔氣震天撼地，卻仍被安迪踩在腳下，不禁有些驚訝——硯先生入傘不久，凶暴頑劣，伊恩在剩一隻手的情形下，用盡一切方法使的干擾戰術已經相當成功，卻仍然無法逼安迪鬆手棄傘。

「他和我一樣。」伊恩苦笑了笑。「是天才中的天才。」

「吼——」硯先生咧嘴大吼，吼出上百頭灰黑巨狼，這些巨狼體型極大，比獅虎還來得壯碩，甚至比老金還大。

「哼！不就是鎮魄嘛，我也會！」硯天希高呼一聲召出飛羽拉著夏又離升空，在空中鼓動全力，也畫出一批鎮魄犬落地迎戰來襲灰狼。

硯天希這批鎮魄巨犬中有藏獒、高加索、土佐等凶惡猛犬，甚至也有幾隻灰狼；夏又離也幫著畫咒，扔出幾隻拉不拉多和秋田犬混入隊伍中——瞬間被硯先生的巨狼群衝散咬爛。

「老金，你做什麼？別和那些狼硬打！」伊恩奮力壓制七魂互鬥，催逼他們閃躲巨狼，卻見老金揚開大掌在前方硬擋那些巨狼。

「笑話！」老金咧嘴怒吼，雙掌高張，拍歪一頭頭巨狼腦袋。「我這輩子從沒被狗兒嚇跑過，就憑這些……」老金還沒說完，感到頭頂一陣凶氣竄來，竟是那化身巨狐的硯先生在安迪挺傘操使下，像隻雪橇犬般朝他遠遠撲來。

「除了那瘋狐狸——」老金扯裂地板，再次遁入樓下。他一連拍破好幾層樓板，見硯先生緊追不捨，便鼓動全力繼續往下，突然感到有些奇怪，嚷嚷起來：「怎麼地板變脆了？他們沒人使用黑夢了嗎？」

「別管老虎，去追伊恩！」安迪轉動青傘，急急下令，一時卻難以使硯先生轉向——硯先生雙目發紅，緊盯著老金不放，即便屢屢被安迪轉傘強逼扭頭，也不願仔細尋找伊恩斷手，對此時的硯先生而言，彷彿老金才是獵物，而只剩一隻枯手的伊恩，頂多是隻不起眼的昆蟲。

「吼——」硯先生再次張口，吼出巨大火鷹，將上下數層樓都燒成了一片火海，一團團火焰甚至自萬古大樓側面湧出。

巨大火海中，伊恩斷手獨目外被明燈貼上一張避火咒和一張鬼蟲咒，湧出的鬼蟲咖啦啦啃噬起伊恩獨目外的眼皮，那些鬼蟲立刻被雪姑銀絲捲碎。七魂諸將彼此僵持的同時，也全力掩護伊恩脫逃。

「安迪——」

一聲尖銳的咆哮從萬古大樓東側轟入，數道黑影雷劈般打進萬古大樓，穿過火海，削去老何幾隻手指、穿透克拉克胸腔、鞭斷無蹤大腿、切開雪姑蛛絲、斬斷霸軍長槍之後，牢牢捲住了伊恩斷臂。

莫小非與周書念拖著黑影衝入萬古大樓裡，見到上下炸破的樓板，驚奇大喊著：「安迪？你在哪裡？這裡發生了什麼事？我好遠就看到大樓不停爆炸耶！」

原來先前莫小非中計被壓入山中土裡，花了好半晌工夫才破土衝出，乘著黑影大鷹全力飛回台北；儘管她遠遠看見了萬古大樓頂那圓屏大戰，知道阿滿師果眞帶著大批郭家傘來打王寶年了，但硯先生在萬古大樓中段炸開的火海自然更是搶眼，她知道此時安迪必定全力大戰伊恩，比起逮著何孟超興師問罪，她得先幫助安迪。

此時莫小非神情疲累、汗流浹背，手上只戴著三枚戒指；不久前她催動全力破土、指揮影鷹飛空，消耗不少精力。她感應出安迪的氣息從下方樓層發出，立時以黑影捲上伊恩斷手，往下躍去，還興奮大叫：「安迪，我抓到了伊恩了耶！」

「小非，別過來！」安迪的吼聲從底下數層樓發出。

「啊？」莫小非聽見安迪喊聲，一時還沒反應過來，只見底下一道大影往上飛竄，一下子竄到了她面前——

是化成巨狐的硯先生。

硯先生左爪倒提著老金後腿，老金背上裂開數條大口，挨了硯先生一爪，受傷不輕、逃無可逃，被硯先生逮個正著。

「老狐狸……」莫小非雙眼瞪大，一下子被硯先生發出的戾氣嚇得不知所措，硯先生猛地揮爪扒向莫小非，底下的安迪立時轉傘，使硯先生這爪略緩了緩。

同時，周書念閃電般竄來，攔腰抱走莫小非，這才沒讓莫小非被硯先生這爪扒著。

「怎麼回事？」莫小非驚慌怪叫，抬頭見硯先生揪著老金，瘋狗似地撲來追她，嚇得哇哇大叫。「老狐狸失控了？」她正驚慌間，伊恩斷手周圍突然紅光閃現，斬斷數道黑影，七魂再次混亂地帶著伊恩斷手飛離莫小非身子。

「安迪，我建議你乾脆收傘！」宋醫生站在數層樓上往下高呼。

「正有此意。」安迪苦笑，深深吸了口氣，奮力轉傘，像是舉著沉重槓鈴般。「但我需要你們幫忙……」

「什麼？」莫小非見安迪身上負傷，神情疲憊，連忙與周書念左右竄開，轉了個大圈繞開硯先生，飛到安迪身邊。「王寶年怎麼沒幫你？」

「他有出力，但協會援軍到了，正從樓頂進攻，他沒辦法全力幫我……」安迪吁了口氣，雙臂筋脈扭曲浮凸，似已接近力竭。

「是啊！何孟超那死胖子騙了我，氣死我了，可惡！」莫小非氣憤地說，跟著摘下三枚戒指，搭上安迪雙臂，幫助他操傘；另一邊周書念也伸出雙手，協助抓傘，他很快地感應到青傘傳來的凶暴惡氣，本能地拱起後背、目露凶光，他的後背竄出五對人臂，那些人臂接在古怪骨肢上，彷如蜘蛛怪足——那五對人臂，過去分屬晝之光五名不同的夜天使。

上方，宋醫生飛梭落下，落在安迪身旁，也伸出手搭上青傘。

硯先生在空中觸電般吼叫起來，爪子一鬆任老金墜下，一身黑毛褪去、身形逐漸變小，轉頭怒視著安迪等人，但他全身受制青傘，青傘上那壞腦袋身軀隨風飄動，雙手仍緊扒著傘身，一股股奇異力量循著青傘鐵鏈傳至硯先生身上，令他逐漸痠軟無力。

上方陡然竄下一隊火鷹，對準安迪等人頭頂衝來。

莫小非甩出黑影、宋醫生按出大掌，擋下那片火鷹，但他們這麼一分心，便無法全力協助安迪收傘。

硯先生又掙扎起來，身子重新長出黑毛。

「啊呀，是那賤狐狸在上頭煩人！」莫小非抬頭張望，卻見上層破損樓板鋼梁、穿插錯亂，不知硯天希和夏又離躲在哪兒，她本想令周書念上去追擊，但此時身懷十餘名夜天使力量的周書念，是眾人壓制硯先生的主力，一時可無法撤走。

「妳這賤婊子終於敢露臉啦！」硯天希探頭出來，朝底下唾罵幾句，又撒下一片火鷹打向安迪，干擾他收傘。「有種上來跟我單挑呀，妳不敢呀？妳有十隻指魔還這麼膽小，要不要腳趾上也裝幾隻指魔？」

「啊呀！」莫小非怒叱幾聲，踩了踩地板想使用黑夢力量對付莫小非，卻只覺得四周氣息紊亂古怪，不受控制，她驚慌問：「怎麼回事？黑夢怎麼不靈了？」

「伊恩擋著我們，讓其他人掩護張意進攻地底，或許巨腦有了麻煩……」安迪無奈地說。

「底下不是有艾莫和麗塔嗎？」莫小非瞪大眼睛。「他們兩夫妻擋不住張意一個？」

「紳士也在底下，他那批獏比我們原先預估的更厲害……我幾十分鐘前就已聯絡不上艾莫……」宋醫生這麼說，他操使巨手，再次擋下硯天希打來的火鷹，隨即下令：「奧勒，去對付他們。」

奧勒全身閃耀火光，領了命令立刻上樓追擊硯天希和夏又離。

「什麼？巨腦出事了！」莫小非呆了呆，抬頭看了看上空，只見硯天希和夏又離抓著飛羽，躲避奧勒強襲；她又探頭看看底下，老金巨大虎身伏在數層樓下的地板上，伊恩斷手則落在遠處，七魂猶自互相推擠爭鬥。「難道我們……會輸？」

「傻瓜。」安迪哼哼地說，此時沒有硯天希干擾，加上眾人協力，逐漸將傘收闔。「我們已經贏了，只是得花點工夫收尾。」

宋醫生點點頭，也說：「上面有王寶年，底下有阿君跟鴉片坐鎮，就算他們打壞巨腦，我們也能再造；只要今晚擊敗伊恩，整個晝之光都會潰散，協會再也不敢派援軍過來。」

「伊恩……你聽到他們說話沒？」老金伏在地上，喘了幾口氣，舔舔爪子。「安迪說他贏了，他們要將硯先生收回傘裡，準備親手來宰我們了……」

「我忘記這是他第幾次自己說自己贏了……」伊恩斷手獨目眨了眨，光芒有些黯淡。

「那安迪指揮硯先生好像挺辛苦的，你說是拿著硯先生的安迪難纏，還是不拿傘的安迪難纏。」老金這麼問。

「當然是硯先生厲害。」伊恩說：「如果安迪沒拿著硯先生，早被我砍死了——只是使用硯先生，也得付出點代價就是了，例如現在我們能夠這樣休息喘口氣，就是他們爲了壓制硯先生而付出的代價。」

「你們悄悄話講那麼大聲，我都聽見啦！」莫小非朝底下大罵。「伊恩，你眞當你神仙呀，這樣喘幾口氣就能打贏我們了嗎？」

「安迪力氣耗盡、姓宋的傷勢不輕、妳看起來也沒什麼精神。」伊恩哼哼地說：「我的七魂還興奮得很，你們收走硯先生，怎麼打敗我？」

「你的七魂在自己打自己耶！」莫小非哈哈大笑，突然問：「我們的手下呢？難道都被伊恩殺光了？快拿補給品來呀——」

「非戰鬥人員，應該都散落在各樓層待命吧……四指殺手跟王家傘師都被伊恩殺得差不多了，其餘還有些人手在底下跟畫之光游擊纏鬥。」宋醫生說：「現在黑夢失靈，造不出通道讓人上下……」宋醫生還沒說完，只聽遠處大窗炸裂，竄入大批王家紙傘，落到安迪腳邊、或是拖著鎖鏈掛上他肩膀。

「小老弟，你那邊情況到底如何？我要拿出真本事和那姓郭的開戰啦……」王寶年的聲音從鐵鏈上透出。「我沒辦法顧著你，送點傘給你塡塡肚子。」

「謝了。」安迪吁了口氣，鬆開一手，從肩上提起一把王家傘，他抓傘那手五指唰唰竄出幾隻碩大蝙蝠，咧開嘴巴啃起傘來，吸食起傘魔魄質。

啪啦、啪啦啦——安迪身上竄出更多蝙蝠，攀上一把把傘，幾十秒內，便將近身十餘把鼓脹的王家傘吸成了乾枯破傘。

「寶年爺，你不介意請我多吃點吧。」安迪這麼說。

「撐破你肚子都行。」王寶年哼哼地說：「別囉嗦了，我要動手了。」他說完，窗外竄入更多王家傘，往安迪身邊飛去。

「好好喔，我都不會這招！」莫小非感到安迪力量正逐漸恢復，哇哇大叫起來。宋醫生則吁了口氣，低頭望著低垂右手，他先前右側胸肩被伊恩砍出的巨大裂口，趁著數輪酣戰間找機會修修補補，雖然接回手臂，但也消耗不少精力；此時他單臂助安迪操傘，右手只能動動手指，胸肩裂口還不停淌出鮮血。

「安迪是不是在吃那些傘？」老金問。「我嗅得出他的力量正在恢復……」

「是。」伊恩答。

「那怎麼辦？」老金問：「我肚子裡的舊傷還沒好，剛剛挨了那大狐狸幾下，差點連魂都給打飛了，現在頂多只能叼著你跑，沒辦法幫你摘安迪腦袋了。」

「那就叼著我跑吧。」伊恩說。

「叼著你跑去哪？」老金問。

伊恩握著七魂斷刀，騰出食指敲了敲地板。「往下。」

「又要敲地板呀，一直扒地，敲得我爪子不太舒服……咦？」老金揚起大掌，往地板拍了拍；地板裂開一圈碎痕，越裂越大，老金正要站起，身子便隨著碎塊落入下一層樓。

「我還以爲是錯覺，原來這地板眞變脆啦？」老金撫著腹部斷骨。「我們剛進來時，那地板可硬得很，怎麼現在……」

「黑夢停止了。」伊恩說：「張意他們成功了……哦，終於來啦？」

上頭，安迪手中的青傘終於收闔，一條條黑色鎖鏈拉緊，但傘身仍不時鼓動，每一次鼓動，都讓按著安迪持傘那手的莫小非全身震盪發麻，像是被帶著電流的暴風颳過。

「別鬆懈。」安迪一面吸食王家傘魔力量，一面鼓動全力收傘。「老狐狸有能耐一口氣衝出來。」

「誰來了？」老金問。

「讓我們反敗爲勝的機會……終於來了……」伊恩微笑著說，但他斷手獨目光芒更加黯淡了。

「我說你們悄悄話不要講那麼大聲！」莫小非大笑說：「反敗爲勝的機會？伊恩，我看你是見到回憶跑馬燈了吧！」

「……」安迪默默不語，突然抬起頭來，張望四周。「阿君怎麼了？」

「嗯？」宋醫生和莫小非也先後感應到一股奇異氣息，自底下隱隱往上瀰漫開來，他們相視一眼，都露出疑惑的神情。「是阿君的氣息沒錯，但又有點不像她……」「好像摻入了很多奇怪的東西！」

「啊呀！張意、長門，你們……」

伊恩斷手獨目逐漸半閉，眼瞳有些混濁，像是將滅的燭火。

本來互相對峙僵持的七魂似乎也察覺出伊恩力量消退，卻沒有更激烈地躁動，而是紛紛停下動作，在伊恩周圍站成一圈，低頭望著伊恩斷手。

「你們……不想殺我了嗎？」伊恩笑著問。

霸軍、無蹤、克拉克紛紛單膝蹲了下來，一動也不動地盯著伊恩。

「啊！」老金又咦了一聲，將腦袋貼在地板上傾聽。「伊恩！你聽，這什麼聲音？」

「他們來了。」伊恩眨了眨眼。「我不是說……我看見了嗎？」

「小非，帶書念去解決伊恩。」安迪突然這麼說：「有點不太對勁，別給他們任何機會。」

「什麼？」莫小非說。「那硯先生……」

「多虧這些傘讓我恢復部分力量，剩下的我自己可以處理了……」安迪這麼說，跟著朝宋醫生使了個眼色。「你替我看著小非，小心七魂和那大老虎。」

宋醫生點點頭，與莫小非、周書念一齊躍下伊恩斷手樓層，遠遠盯著老金和地板上的伊恩斷手，都不明白伊恩在這種情況下，還能再有什麼機會。

老金舔舔爪子，視線越過宋醫生和莫小非，盯向兩人身後的周書念。

「大老虎你眼力不錯。」莫小非嘿嘿一笑。「看出書念比我和宋醫生還厲害。」

「月華、詹姆士、迪克、巴斯……」伊恩喃喃唸著埋藏在周書念身體裡十餘名夜天使的名字。

「對喔。」莫小非嘿嘿笑著往前幾步，踩出幾道黑影竄去捲伊恩斷手。「我差點忘記書念身體裡那些東西，是伊恩你手下最得意的一支暗殺部隊耶！」

老金揮出虎爪光團，擊碎那些黑影，然後又跺了跺腳踩裂地板，讓自己和伊恩再次墜下更下方的樓層；他在墜落的同時，也繼續向底下揮爪，扒出一團團虎掌光團，接連擊透十餘層樓板。

「哇，書念你有沒有看到，那大老虎有好可愛的超大型肉球喔！」莫小非笑著尖叫，像一團暴風朝老金竄去。「我要切下來當枕頭躺。」

「臭丫頭，妳當饅頭填我肚子差不多。」老金哼了哼，在半空中揮動大爪，打出一團團光爪轟擊莫小非——老金受傷不輕，打出的虎掌光團比之前小了幾號，力量也孱弱許多，紛紛被莫小非揮手擊碎。

伊恩斷手持續下墜，但本來變得朦朧黯淡的獨目又稍微耀起點點藍光。

「老友們，機會來了，你們信得過我嗎？替我和老金爭取點時間，讓我帶你們回家——」

七魂眾將紛紛抬起頭，望著上空追竄而來的莫小非三人。

莫小非拍打著斷壁碎石召出影兵，四面包抄伊恩；跟著吸了口氣往下急竄，倏地追上老金，揪住老金嘴巴鬍子，豎直了五指正要插他咽喉，右眼卻挨著克拉克一記符彈，被老金弓起身子用後腳蹬開。

克拉克豎著狙擊槍速扣扳機，發發往莫小非眼睛打，像是想報剛剛黑影穿胸之仇；老何舉著斷指大掌、霸軍抓著長槍斷柄，奮力擋下竄向伊恩斷手的三名影兵；無蹤幾個迴旋，將那被莫小非打斷的歪折右腿當成雙截棍般，轟隆踢爆第四名影兵；明燈和雪姑聯手張開一張張貼著黃符的蛛網，網住了其餘影兵。

切月紅光在下方耀起，斬斷幾隻宋醫生透壁竄出的大手。

伊恩斷手在空中打了個轉，陡然變向，像是鎖定了什麼，握著七魂斷刃飛竄墜去，七魂斷刃炸出紅光，再次切裂十幾層樓地板。

無數樓板碎塊底下，是不停往上推升的巨貘鑽地車。

「啊！」「老大——」摩魔火和神官的長嘯自下飆來。

神官抓著摩魔火往上飛蹦，摩魔火在空中猛吐蛛絲，一舉纏上伊恩斷手，倏地拉著神官彈竄而去；摩魔火八足還緊緊抓著百寶樹莖藤，莖藤上那顆黃豆大乾癟的人身果，此時已長得碩大肥美、金光閃耀。

「老大！」「伊恩老大！」摩魔火和神官像是有滿肚子話想講，但此時卻只能怪吼怪叫地將果子摘下，塞進伊恩手裡。

伊恩斷手在空中捏碎人身果，整隻手臂都發出了金光。

「呀呀！」小迪奇在駕駛艙裡尖叫著拍打那裝飾用的儀表板，令鑽地車停下，且開始變形，大鑽頭啪啦裂開，變化成四條舉著小鑽頭的金屬長臂，與上方追來的宋醫生大手、莫小非影兵糾纏起來。

老金一爪按著激戰下再次裂開的肚腹，不讓裡頭胃腸流出，一面在空中翻騰扭身、在斷壁鋼筋間竄蹦，單爪遊鬥莫小非和周書念的追擊；他瞥見底下變化，嚷嚷地問：「哇！你從哪挖出來的新果子？你變身需要幾分鐘？三分鐘？五分鐘？」

老金這麼一分心，大爪子被周書念抓著，猛地扯斷，拋給莫小非當抱枕；但莫小非還沒接穩，只見底下金火撲來，連忙閃開，覺得雙手空空，仔細一看，原來那斷爪又被老金甩尾巴搶了回去。

老金啣著斷爪、摀著破肚，甩動尾巴抵擋周書念狂擊，嘴巴挨了周書念一記暴拳，被打得歪裂鬆口，但同時也甩動尾巴鞭在周書念臉上，將他打飛。

老金在空中咬回斷爪，落在一截外露鋼梁上，將斷爪湊回胳臂，用爪子捏合斷處，竟像是是在替自己縫合斷爪。

「大老虎，你還能自己接手呀？」莫小非打出幾道凶猛黑影，卻見老金忙著縫合前爪，躺在鋼梁上用後爪蹬出虎掌光團擋著黑影。

「是呀，我會的東西多著了！」老金氣喘吁吁地踢出一團團虎掌光團，但他不習慣以後腳施法，踢出的光團歪歪扭扭，如捏壞的麵團般虛軟無力，轉眼便被莫小非和周書念擊散；他見兩人就要殺至面前，只好咬牙蹦起，舉起兩隻前爪，鼓動餘力，托起兩只巨大虎掌光團。

周書念頭下腳上，雙臂竄起巨大魔氣，兩手接下老金打上天的兩面虎掌光團，壓著光團往老金撞去。

轟隆磅硠——老金舉著雙爪接住周書念壓下的光團，一人一虎按著光團互推拚力，老金剛接回的爪子轉眼又斷，肚腹上的裂口也崩裂更開，腸子咕嚕嚕地滑下。

「吼！」老金雙眼金光閃耀，虎口燃起金火，想要催動全力撐下這一擊，但只感到上方巨力轉眼又增強許多——是莫小非竄到周書念背後，摟著他的腰按出數道黑影壓上光團，將老金腳下那鋼梁壓彎，推著老金下墜，想要一舉壓扁老金。

「好樣的——」老金大聲怒吼。「兩個打我一個呀，我也不怕！」

「壓扁他！」莫小非尖笑一聲，環著周書念胳臂，正要按出更多大影，卻見到光團裡隱隱閃出幾處紅點。

她還沒看清楚，紅點瞬間耀成幾道筆直向上的艷紅刀刃，削過她腰際和左膝，也穿透了周書念咽喉。

「哇！」莫小非像是想起了恐怖回憶般嚇得拔聲尖叫，與周書念立時竄起老高。

伊恩蹲伏在老金身邊，腳下踩著一片貼滿黃符的蛛網，仰頭看著上方莫小非等人，明燈黃符快速貼滿他全身，瞬間化成他過去那身戰鬥裝束。

「沒錯，不用怕。」伊恩緩緩站起，全身溢出金風，鑲在右手背上的藍眼閃閃發亮，頭髮飄揚，外套迎風展開，面貌模樣比起他身中鬼噬釘前還要年輕了幾歲——那顆吸飽了魄質長出的人身果，果肉裡蘊藏的力量比起先前全部的果子加起來還多，長出的果肉比人肉還來得結實有力。

「我們九個打他們兩個。」伊恩這麼說，舉起摩魔火自地底帶來給他的虎咬刀，望著虎咬刀身上那金光閃耀符紋，喃喃地說：「我已經快忘記用這把刀斬人的感覺了。」

七魂在老金周圍站成一圈，雖仍有些瘋癲痴傻，但伊恩此時果身力量雄厚，左手反握七魂斷刃，已足夠壓制七魂。

「不，十個！老大——」摩魔火攀上伊恩胸口，吼叫地說：「殺光這些惡徒！」

「十一個！」神官尖叫飛在伊恩身後。「他們害死了長門小姐！」

伊恩低頭，腳下蛛網化散，落在巨貘鑽地車旁，望著兩隻貘背上的張意和長門，又望了望車上淑女癱軟的身子和紳士化成的石雕。

一旁的老金氣喘吁吁地將腸子塞回肚腹、捏合傷口、扳正斷手，正想責怪伊恩突然撤網，見到張意和長門的屍身，也不禁一愣，急急奔去，嗅了嗅他倆，望向伊恩。「死去一段時間了……」

伊恩默默無語，再次仰頭，望著安迪。

安迪也沒說話，緩緩再次揭開青傘。

「大頭目！大頭目——」青蘋的聲音自百寶樹莖藤上幾片捲成了話筒狀的葉口發出。「大頭目，你摘下果子了？能聽得見我說話嗎？」

「老大長出人身了，也見到我師弟和長門小姐了……」摩魔火揪著百寶樹莖藤，對著話筒答話。「安迪就在我們頭頂，老大準備要宰他了，底下情形如何？」

「鴉片死了。」青蘋的聲音猶自從黃金葛那大話筒發出。「但……地底有動靜，有東西在長大——」

「什麼？」摩魔火呆了呆。「妳是說那巨腦？」

「對！」青蘋說：「我讓神草鑽去了地底，裡面氣息混亂……」

青蘋說到這裡，鑽地車裡的小迪奇突然也尖叫起來，對著擴音設備嚷嚷大叫，像是在與底下的貘群聯繫。

巨貘鑽地車轟隆隆地震動起來，那從巨腦內部長出，一路推撐著鑽地車高升至此的高塔，陡然崩出一道道裂痕，裂痕裡滿溢出奇異黑霉，跟著啪啦崩開。

「呀——」小迪奇尖叫，鑽地車直直往下飛墜。

伊恩與老金立時追上，落在那鑽地車上，伊恩單膝蹲伏，默默望著長門和張意、紳士與淑女，又望了望車尾箱子裡那壞腦袋的乾癟腦袋，似乎無意施咒減緩鑽地車墜勢。

「攔下伊恩，他想打巨腦主意——」安迪頭臉青筋畢露，拔聲大吼，他此時雖然重新張開了傘，但似乎感到極度吃力。

比起第一次開傘，此時安迪的力氣不到先前三成，且失去了王寶年的幫忙，除此之外，硯先生似乎比前一次露面更加頑劣了幾分，無論安迪怎麼施令，也不願出來。

巨大的黑氣自傘裡溢出，裹住安迪全身，像是想要溺斃他一般。

安迪再次鼓動全力，青傘上的壞腦袋身子微微飄起，在青傘上拍拍摸摸，這才哄出了硯先生。

「安迪，小心！」莫小非尖叫一聲，甩出幾道黑影，打散上空砸下的幾隻火鷹，怒叱地竄上去追那躲在高處的硯天希和夏又離，厲聲朝底下下令。「書念你去殺伊恩，我來對付臭狐狸，她想趁機救出她老爸！」

周書念領了小非命令，像道閃電般追下；宋醫生見周書念殺下，這才跟在後頭，指揮著奧勒一同往下。

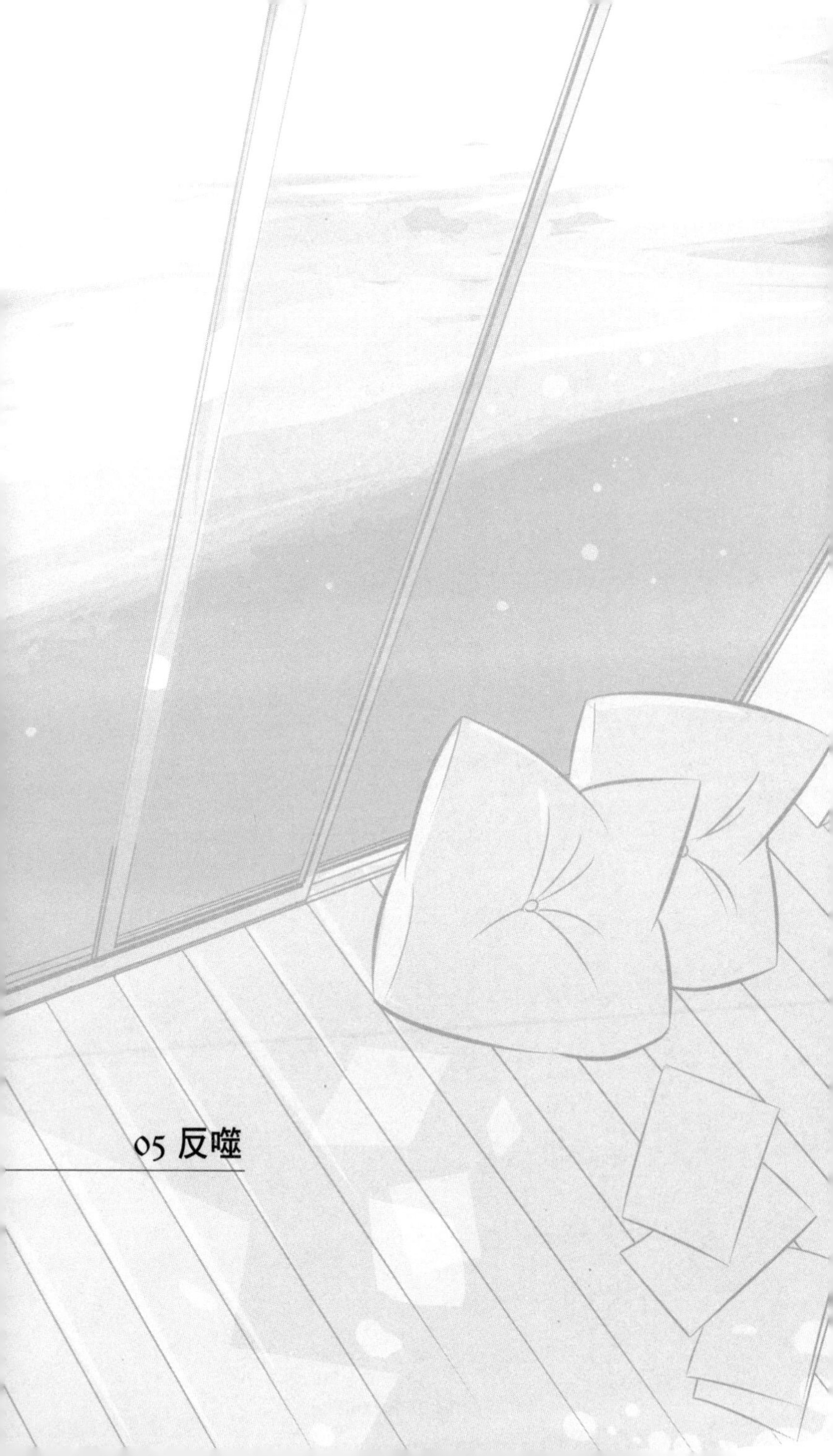

## 05 反噬

數條古井樹龍竄過郭曉春身旁，將幾隻持著長刀、大斧衝近郭曉春背後的王家傘魔撞飛，穆婆婆揚著青竹掃把，架住郭曉春前方一隻王家傘魔劈下的狼牙棒。

此時的穆婆婆全身綻放金亮光芒，白髮微微飄揚，她年邁後專注修習結界法術外，過去的近戰法術大都荒廢了，卻還留著一手能在短時間內令衰老身體榨出年輕體力的法術。

「老太婆接下你這一棒，現在換你挨老太婆一掃把啦！」穆婆婆扛著掃把一推，將那壯碩傘魔的狼牙棒向上頂開，跟著微微彎膝，蹦起老高，將青竹掃把舉成像是關刀般，轟隆往那王家傘魔腦袋上一砸。

那王家傘魔雖然抬棒格擋，卻攔不住穆婆婆這一掃把，手中狼牙棒被掃把壓砸在腦袋上，將整顆腦袋敲矮了十來公分，脖子都擠進了胸腔裡。

兩柱樹龍左右衝來，將那傘魔轟飛老遠。

穆婆婆落在郭曉春身旁，手上還拖著掃把，不住喘氣，飄起的頭髮紛紛垂下，雙眼光芒衰弱許多，口裡唾罵不停：「眞是老囉……才一招就累成這樣……」

「穆婆婆！」郭曉春急急奔來攙著穆婆婆胳臂。「你們怎麼來啦？」

「何孟超那胖子想出個辦法，將莫小非壓在美濃山底，誰知道那丫頭竟然能從山底鑽出來，還飛得挺快……」穆婆婆解釋，望著遠處王寶年巨傘，又望了望郭曉春身後那批殘破護身傘魔們。「妳這些傢伙還能打嗎？」

「不行了，他們傷得太重……」郭曉春見四周有樹龍擋著王家傘魔，連忙將一把把破傘收闔，令肚破腸流的豬仔、枝折葉散的樹人、頭破眼缺的悟空和文生等一一虛弱地退回傘裡。

大批來援郭家傘魔落下，在郭曉春和穆婆婆身前結成防禦陣勢；郭曉春拍了拍十二傘鬼的臉，又摸摸白羽落盡的虛弱白鶴，紅著眼眶將護身傘盡數收闔，全塞進一跛一跛的阿毛懷裡要他牢牢抱著，踮起腳摸摸阿毛腦袋說：「阿毛，你要保護好大家喔，剛剛他們保護了我們……」

郭曉春這麼說的同時，左右環視身前郭家傘隊，像是想挑揀一把合手紙傘再次上陣。

「曉春，妳拿這把傘——」阿滿師遠遠瞧見郭曉春的動靜，扯著喉嚨高呼地扔出手中的羌子傘。

羌子傘在空中彷若化成了火流星，在一隊郭家傘隊護衛下，穿過重重王家傘魔，倏地衝到郭曉春面前，還打了個轉令傘柄向上，緩緩飄旋在郭曉春面前。

郭曉春伸手握住傘柄，舉起張開，一頭幼鹿落下，在郭曉春身旁蹦蹦跳跳地轉圈，用腦袋磨蹭她的腿。

「啊！」安娜和穆婆婆以及後頭趕來的孫大海，見那羌子傘落下的竟是隻幼鹿，紛紛驚呼起來。「這是羌子？」「怎麼變小隻了？」「這還能打嗎？」

「羌子，你幹啥——」阿滿師遠遠見了羌子傘落下的幼鹿，氣得大罵：「現在是撒嬌的時候嗎？」

隨著阿滿師那一吼，化爲幼鹿的羌子，立時抬蹄往王寶年的方向踩去，每一蹄踏出，身體便壯大幾吋，轉眼從幼鹿變成了成鹿，然後繼續壯大，腦袋伸長變化出雄壯半人身。

郭曉春在後持著羌子傘，往王寶年巨傘一步步逼去。

「姓郭的，你非要見到你孫女和我拚個兩敗俱傷就是啦？」王寶年露出怒意，巨傘落下一隊剽悍傘魔，磨刀霍霍地在巨傘前排開長陣。

「誰跟你兩敗俱傷！」阿滿師在竹樓上怒叱。「俺要拆了你——」

又一陣黃色流星飛下，在郭曉春身前一字排開——那是阿滿師尚未煉成的六十甲子傘，現在只煉出三十四把傘；三十四把黃傘一齊張開，躍出三十四個黃衣小童。小童們跳著、叫著像是小學生朝會般在郭曉春身旁列隊往前。

「第六、第七隊打前鋒，第八、第九隊讓甲子傘童拿；第十隊當左翼、十一隊當右翼、十二隊當後陣，十三、十四隊掩護穆大姊！」阿滿師舉著竹頭鬼子傘，一面居高臨下指揮郭家傘隊。「大家給俺把那大傘拆啦——」

「上！」郭曉春高高舉起羌子傘，左手接下六十甲子傘裡的帶頭傘，甲子小童吆喝一聲，像是班長般往前跑開，三十四名傘童一手抓著後續甲子傘，一手接過受阿滿師命令飛來的郭家傘，舞龍般在郭曉春左右拉開長長隊伍，隨著郭曉春往王寶年衝去。

一隊隊郭家傘魔落在郭曉春陣勢前後左右，與郭曉春一同往前推進。

「給我宰光那些破傘——」王寶年憤怒嘶吼，揮臂甩動黑鏈，四面鞭打，驅使著幾隊王家傘魔，迎戰向他反攻的郭曉春傘隊。

王家傘魔衝入了郭家傘隊兩翼和前鋒，郭曉春指揮著羌子與傘童隊，支援前鋒傘隊，兩家傘魔混戰成一團。

幾條黑鏈窮凶極惡地甩向郭曉春，但都被化成半人身的羌子舉臂接下——此時包括羌子在內的所有郭家傘，都從化胎妹子繫著傘柄的萬千光流裡，獲得源源不絕的協會石箱魄質加持，各個體力充沛，比起先前在美濃傘莊對陣王寶年時還要強壯不少。

「安迪啊，怎麼回事，你還沒搞定那老狐狸？你又想放他出來？」王寶年瞪大眼睛，察覺萬古大樓裡的安迪想要再次張開硯先生傘，訝異低頭急問。跟著他又一驚，轉頭朝血池望去。

本來的紅色血池，此時變得雪白一片。

何孟超領著一小隊協會成員搶下那血池，張開白色結界，凍住了幾條伸進池中吸取血氣精魄的黑鏈，切斷王寶年魄質來源，十餘名協會成員則忙著檢視在血池旁上百名跪成一排心神喪失的活人，尋找秦老身影。

何孟超望了腳下彷若冰凍著的雪白池面幾眼，從白色池面召起白鎚白斧，硬扛王寶年甩來的黑鏈。

「十五、十六隊，去保護那胖子！」阿滿師在竹樓上下令，兩隊郭家傘魔立時在白色血池旁結成守禦陣勢，阻擋王家傘魔襲擊何孟超。

「好個郭意滿……你好意思派這麼些東西出來丟人現眼？」王寶年焦躁地吼叫起來，甩動黑鏈驅使著上百王家傘魔左衝右突，但此時他一來擋不住持續朝他推進的郭曉春，攻不下手持竹頭鬼子傘的阿滿師，也搶不回被何孟超佔著的白色血池；他見郭家傘魔裡十之八九都是些飛禽走獸，甚至充斥著大雞大鴨之類的家禽，不免焦躁叫罵：「你郭家煉傘前是開肉攤賣肉的？怎地把家裡養的雞鴨魚豬牛羊全裝進傘裡湊數呀？雞魚，全是雞魚——」

「俺郭家家世清白，哪來那麼多殺人魔給我收進傘裡？當然只能收些雞鴨魚肉呀，哪像你不知去哪蒐集那麼多妖魔鬼怪進傘裡，你家賣殺人魔呀？」阿滿師吵起架來一點也不輸人，扯著喉嚨叫罵：「你家人丁凋零，有上萬把好傘又怎樣？你能一次拿一萬把傘嗎？」

此時王寶年傘房裡上萬把傘雖然都已出陣，或是飛在空中、或是結成巨屏、或是圍在巨傘周圍，但九成以上的王家傘，若無王寶年甩使黑鏈指揮，便只是站定不動，可不像阿滿師的郭家傘，能夠聽從簡單的號令行動。

「你家的傘是刀槍，我家的傘是朋友。」阿滿師大喊：「你家的殺人魔要用鞭子抽打才會走，我家的雜魚會自己看門！你有上萬把凶傘，但能夠拿傘的人丁都被你害光了，現在沒有一個人替你拿傘；我家上千好友，各個都能自己跳、自己走，他們的心是活的，不像你的傘，全都被你煉成冷冰冰的屠人凶器。姓王的，你還不承認你現在怕得要死嗎？」

「我怕？我怕什麼──」王寶年暴怒大喝，鼓動全身黑氣、揚起更多黑鏈，試圖同時指揮更多王家傘參戰，但如此一來，他分配給每一條黑鏈的力量也更加分散了。

更多王家傘魔往前衝鋒，持續與郭曉春指揮的童子傘隊和隨行小隊混戰成一團，那些王家傘魔各個手持大刀大斧，像是久經戰陣的猛將，卻並無團隊意識，被王寶年以黑鏈鎖著脖子手腳咆哮著猛攻猛殺，卻逼不退攻守有致的童子傘隊。

三十四名黃衣小童舉著三十四把郭家傘，配合著左右翼前鋒各小隊的郭家傘魔，有的拿長竿、有的射竹箭、有的舉竹盾，像是一支民兵隊伍，又像是大型雜耍團，三五成群地抵禦著王家傘魔。

鹿魔羌子雙手持著搶來的大刀大斧，轟隆隆地敲飛一隻隻攔路王家傘魔，逐漸逼近王寶年巨傘。

「你怕你一放手，你家的傘就通通造反啦！」穆婆婆在後頭踩著樹龍，緊跟在郭曉春後頭。孫大海與穆婆婆同乘著一條樹龍，矮著身子拍拍樹身，大喊：「老大哥，就是現在！」

王寶年巨傘下方地面陡然炸出數十條粗壯樹根，紛紛捲上巨傘周圍密密麻麻的黑鏈，與黑鏈拉扯起來，猶如拔河一般。

「做什麼！」王寶年猛地一驚，立刻甩動更多黑鏈，阻擋那破地衝出的樹根。

「十七隊往左，十八隊往右，剪他鐵鏈——」阿滿師在竹樓上下令，底下兩支郭家傘小隊有人有獸，各個持著大剪大鎚，繞去那些沒得到王寶年號令的王家傘魔附近，像是鐵匠般破壞敲打起鎖著一把把王家傘傘柄的黑鏈。

「啊！姓王的發現了，快退！」阿滿師見王寶年凶氣循著黑鏈鞭去，立時吆喝下令鐵匠小隊退開，轉向去破壞其他黑鏈。

「你們——」王寶年憤怒大吼，揮動黑鏈，將幾隻被敲斷鏈子朝他竄來的造反傘魔逐一鞭毀——王家傘術慣以凶術惡法凌虐傘魔，培養傘魔凶性；這些王家傘魔平時聽命傘師，一旦傘師力量不足以駕馭傘魔，或是未收傘便鬆手棄傘，那些積蘊凶猛怒氣的傘魔便要造反噬主。

啪啦、啪啦啦——

一條條樹根和黑鏈在互相拉扯下紛紛繃斷，越來越多被扯斷黑鏈的王家傘，像是斷了線的風箏、或是發瘋的陀螺般打起轉來，傘下一隻隻王家傘魔如掙脫了鐐銬的凶獸般，紛紛轉頭紅著眼睛嘶吼，像是在尋找仇人——然後紛紛撲向那垂掛在巨傘下的王寶年。

「喝！」王寶年發狂鞭爛一批殺至眼前的造反傘魔，但第二批、第三批造反傘魔一波波攻來。「郭意滿，你自知你郭家只有雜魚，所以不敢堂堂正正和我家好傘打是吧——」

「你家好傘正在幫我打你啊！」阿滿師在竹樓上大喝，分出更多傘隊撿拾地上刀斧，分頭破壞更多待命王家傘魔的黑鏈。

「老傢伙，你有臉說『堂堂正正』這四個字？」「你王家那麼有錢，買不起字典？不去查一下『堂堂正正』是什麼意思？」穆婆婆和孫大海聯手指揮樹龍，令樹根持續自巨傘底下鑽出，爭搶王寶年那一條條黑鏈。

「轉向！」郭曉春指揮著衝鋒陣，遠遠以巨傘爲圓心繞跑，讓童子傘隊結成防守陣型吸引王家傘魔攻擊，再讓羌子奔衝截斷更多黑鏈；傘童和郭家傘魔們只守不攻，一見眼前王家傘魔身後鏈斷、發狂反噬，便立刻退遠，還對著王家傘魔伸手指向遠處王寶年巨傘噫噫呀呀地比手畫腳。

像是在告訴那些傘魔，誰才是他們的仇人。

「冤有頭、債有主，誰虐待欺負你們，現在找他報仇吧——」安娜領著阿毛，混在郭家傘隊裡，也幫忙破壞黑鏈。

「別讓他升空逃跑——」何孟超遠遠見到巨傘緩緩上升，立時踩踏地板，踏出一道白色直影，猶如地底白龍，倏地竄到巨傘底下然後拔地竄起，捲住巨傘傘柄；更多古井樹根也跟著白龍破地而出，纏上傘骨，拉著巨傘不讓他飛。

造反的王家傘魔彷如一隊隊圍攻巨蠍的蟻群，一波一波湧向王寶年。

「安迪！安迪！」王寶年終於驚慌大吼起來。「你別管那大狐狸啦，快上來救我——」

□

奧勒頭下腳上、全身冒火，像是一顆向下直墜的隕石。

伊恩在鑽地車身上按了按，對小迪奇和老金吩咐幾聲，然後往上蹦起，仰頭迎向奧勒。車身四周繞開幾圈黃符，逐漸減緩墜勢。

周書念的速度比奧勒更快，背後張開的十隻手，拖曳著五色異光，雷劈似地打到伊恩面前，揚起耀著粉紅閃電的右爪扒向伊恩臉面——

伊恩及時揚起反握著七魂斷刃的左手，伸出食指、中指，竄出青色電光，電光聚成一具電爪，與周書念粉紅閃電右手對握。

周書念左拳打來，也被伊恩右手上虎咬刀耀出的金光虎頭一口咬住。

伊恩望著周書念雙眼，依序看過他五官、四肢，像是在緬懷過去的戰友。

周書念背後十手忽然竄長，托著黑煙、毒霧、青火、紫電等各種奇術，四面八方抓向伊恩——被同時現身的七魂眾將纏絲架臂全擋了下來；七魂諸將此時眼神雖仍渙散，但動作卻俐落得如同往昔，將周書念團團包圍，七手八腳地架住他十二隻手。

伊恩以反握七魂的左手，伸指在周書念額頭上敲點筆劃，像是在確認周書念體內情況，跟著飛快施起咒來。

周書念眼神陡然凶厲起來，像是聽見了什麼聲音——

是夜天使們的呢喃耳語。

宋醫生與駱大元一口氣將十餘名夜天使魂魄連同肢體器官鑲裝上周書念全身，能讓周書念在短時間內獲得前所未有的巨大力量，但那十餘名夜天使的魂魄卻沒那麼容易駕馭，他們會試圖干擾周書念心神；艾莫為此在周書念腦袋裡施下了保護結界，阻隔夜天使襲擊周書念心智。

而伊恩此時正試圖解開艾莫的封印。

「你用我朋友們的身體和力量，有經過他們同意嗎？」伊恩望著周書念的雙眼，左手二指繼續飛快在他臉上比劃施咒，同時舉起虎咬刀，逼開來襲奧勒。

「吼——」周書念身子顫抖起來，全身散發出凶猛殺氣，一舉震開七魂諸將，揚動右拳擊向伊恩，被伊恩左手二指再次施咒化出電爪抓個正著，同時右手挺起虎咬刀刺入周書念右肩。

「這隻右手，應該是麗莎的對吧。」伊恩虎咬刀上金光閃耀，繞上周書念全身，七魂諸將再次聚回周書念身邊，牢牢架住他四肢和背後十手；伊恩以七魂刀柄敲了敲周書念右手臂說：

「在嗎？」

周書念右手陡然劇烈震動起來，隨即被伊恩拖動虎咬刀，將他整條胳臂齊肩卸下——明燈黃符飛快貼上那女人胳臂，雪姑蛛絲也同時纏上，像是包裹生鮮豬肉般將那胳臂緊緊纏實，跟著再裹上一層明燈黃符作為封條。

周書念發狂吼叫，他身體裡的力量雖然強大，卻並非自己煉成，伊恩破壞了他腦內的保護結界，夜天使開始作祟、不停對他耳語，令他沒辦法隨心所欲地使用體內每一個夜天使的力量。

「心、肝、脾、肺、腎……」伊恩指揮七魂架著周書念，同時舉刀持續與奧勒纏鬥；他對奧勒可沒那麼客氣，每一刀都像是要將奧勒劈成兩半般。

奧勒鼓動起巨大火焰，避開幾記虎咬刀斬擊，撲近伊恩身前，用雙手全力硬挨一記虎咬刀劈斬，左前臂被劈斷、右前臂被劈斷一半，斷臂傷處炸開來的火血在空中化爲紅龍，牢牢捲住虎咬刀。

但紅龍隨即被虎咬刀上的黃金虎火撲滅，且反過來銜住他一雙殘臂，鎖著他身子。

同時，伊恩反握七魂斷刃在奧勒肚腹間削過。

切月紅光削開奧勒肚腹、削裂他腸胃——七魂刀斷，但切月鋒利卻絲毫未減。

切月罕見地在伊恩身旁現出人形半身，揚動艷紅雙臂，像是個指揮家般，對著奧勒頭臉身軀揮起手來。

一道道紅光流星般削過奧勒頭臉胸膛。

紅光中，還混著幾發克拉克的狙擊彈和明燈的攻擊符籙，無蹤與霸軍奮力架著周書念，同時狠狠瞪著奧勒，像是也想湊上來補上幾腳——奧勒是倫敦大戰的始作俑者，更是暴雨夜大戰那時將他們百般折磨、作爲俘虜，企圖誘殺伊恩的幕後主使者。

奧勒的頭臉、四肢和身軀，在切月狂斬下，像是被水果攤老練果販削切果皮般，一吋吋地短少。

下方盤坐在巨貘鑽地車上的老金，不時伸爪接著了奧勒被削下的燃火肉塊，塞進嘴裡嚼咬，大呼過癮。「哇！這肉好燙啊，比火還燙！夠味！」

周圍樓板斷壁處，突然竄出幾隻長手，試圖襲擊伊恩，全被伊恩揮動虎咬刀斬去——伊恩望了上方十餘層樓外的宋醫生。

宋醫生遠遠跟在後方，讓周書念和奧勒打頭陣，似乎在等待伊恩人身果效力結束。

「珍妮、薔薇、鈴木小姐……」伊恩斬下周書念另外三肢，明燈與雪姑也快速貼符裹絲，將一手二足包紮綑實；然後，伊恩劃開周書念胸膛。「強森、老魏、河佛、崔哥……」

「安迪，你傘開了嗎？」宋醫生見了底下情景，仰頭驚駭大喊：「伊恩在肢解書念，他想搶回那些夜天使——」

「……」安迪聽見了底下宋醫生的叫喊，仰頭往上望，像是在判斷萬古大樓頂王寶年那方戰情，但他無心多想，很快又將視線放回青傘上。

那垂吊在傘下的硯先生此時呈人形、蜷曲著身子掛在傘下，抱膝數著手指，嘴巴嘟嘟囔囔地像是想要說話，一雙眼瞳晶晶亮亮。

□

「賤狐狸——」

莫小非的咆哮穿透了十餘層樓，她搧出的黑影也穿透了十餘層樓的樓板，緊追著硯天希和夏又離。「妳不是想跟我好好打一場？我一現身，妳就像隻老鼠只會逃啦？」

「臭婊子，妳那姦夫呢？怎麼沒一起帶著？」硯天希從高處樓板破口探出頭來，見莫小非飛追上來，立刻轉頭繼續向上飛逃，一連擊破好幾層樓板，不時對夏又離說：「你覺不覺得這大樓變軟了？」

「是呀，不用迷狐狸就能打破天花板了。」

「張意他們成功了，現在黑夢無效了？」

「不曉得，但也不能停下來讓她實驗看看……」

莫小非隱約聽見硯天希和夏又離交談，便朝四周壁面揮了揮手，只見壁面雖隱隱晃動，卻絲毫不聽她指揮，氣得大罵：「可惡，黑夢跟巨腦到底怎麼了？」

「她停下來了？」硯天希和夏又離再次從樓板破口探頭往下看。「賤婊子發現黑夢失效，嚇得不敢追了。」「天希，妳別再激她了……」「我激她？我是說事實，她看伊恩恢復人身，害怕被剁成肉醬，派那小白臉去追伊恩，自己假裝發火追我們，你說她賤不賤？」

「賤狐狸，妳以爲我不用黑夢就打不過妳了嗎？」莫小非聽硯天希那麼說，可氣得七竅生煙；她被伊恩斬去一腳，此時用影子裹著腿，如同義肢，她再次踏出數十道黑影直衝向上。「妳有種就來跟我好好打一架！」

「誰要跟妳這賤婊子打架，我怕弄髒自己的手！」硯天希繼續拉著夏又離向上飛竄。「我要揍安迪跟那老狐狸，妳一直干擾我幹啥？」

「我知道妳想找機會救那大狐狸，但又怕他發瘋吞了妳，對吧！」莫小非怒叱。「你們這老小瘋狐狸簡直一個模子印出來一樣——」

「這什麼變態鬼地方啊！」硯天希與夏又離衝破了樓板之後，經過一層堆滿染血健身器材的怪空間；再穿破樓板，來到一間擺著幾張大床，遍布血漿、肉塊和成人玩具的恐怖大房——這是邵君樓層裡某間性虐娛樂室。

硯天希低頭，只見莫小非飛快追來，便再破樓向上，穿入宋醫生的醫院，再破牆向上，掀翻一張床，穿透一間夢幻童話般粉紅色美麗房間，轟隆撞進更上一層的木造空間。

這碩大木造空間裡堆著一座座高聳木架。

木架上空無一物。

這是王寶年的傘房，木架上的傘全被王寶年召去。

硯天希和夏又離仰頭望著挑高天花板，都明顯感到那天花板上方透下的激戰氣息，幾處樓板破口，還不時可見傘魔飛梭竄動。

「賤狐狸敢打壞我床鋪——」莫小非的怒吼自底下發出。

「原來剛剛那是她房間！」硯天希拉著夏又離飛竄往前奔逃好遠，然後轟破地板，撞回莫小非那專屬的粉紅色皇宮樓層大肆破壞起來。

「怒兔、鎮魄、凶爪，通通給我出來！」硯天希飛快畫出一批墨繪獸，將之驅進四周大大小小的房間裡。「看見什麼咬什麼！把賤婊子的家給我砸得稀巴爛——」

「賤狐狸——」莫小非衝毀一面牆，鼓動數道黑影打向硯天希和夏又離。

「妳這跛腳婊子終於追上啦？」硯天希像是早有準備，在背後架起兩副力骨，舉起破山胳臂，轟隆隆擊碎莫小非幾道黑影，與竄來的她對擊十數拳。

「我這次非殺了妳不可！」莫小非雙眼炸射怒光，一記記拖動大影的拳頭彷如攻城槌般，朝著硯天希全身轟擊。

硯天希嘴角掛著冷笑，舉著破山大臂奮力格擋，被莫小非揮動影拳步步進逼，且戰且退，一連後退了十餘公尺還推破一面牆，終於牢牢抓住對方的雙手。

「妳現在摘下全部的戒指啦？」硯天希望了望莫小非雙手十指空空如也。「不怎麼樣嘛。」

「妳懂個屁啊！」莫小非怒叱。「我從一座山裡打出來，還飛過大半個台灣！」

「也就是說，妳現在快沒力氣了？」硯天希冷笑。

「宰掉妳足夠啦！」莫小非這麼說，然後突然覺得有些不對勁，見到硯天希左右無人，不解地問：「怎麼只有妳？小離呢？」

莫小非說完，突然瞥見右側一抹紅棕色影子陡然逼近，她扭頭去看，隱約瞥見夏又離舉著破山大臂朝她衝來。

「你們身體分開了？」莫小非驚叫一聲，她的雙手被硯天希抓著，無法轉身迎戰，連忙踩地踩出黑影，倏地穿透夏又離的身子——夏又離散成一股橙煙，是個幻影假身。

莫小非還沒反應過來，只見一道道紅棕色影子竄近，是一條條狐尾，每一條狐尾尖端，都捲著一個夏又離。

每個夏又離，都舉著破山胳臂，四面八方打向莫小非。

「是假的，妳不用怕。」硯天希冷笑說。

「我才不上當！」莫小非怒叱，連續踏影斬碎一條條狐尾和假夏又離。

然後，她一腳深深踏進了地板裡，卻如同陷入豆腐中，莫小非驚愕低頭，只見地板上竄開一個雪白符籙圈圈，幾隻雪白狐狸探出頭來，那是硯天希墨繪術的「迷狐狸」。

「怎麼回事？底下是誰抓我的腳？」莫小非尖叫起來，雙腿陷入地板，整個人矮了一大截。「小離，是你？」

雪白狐狸飛快在莫小非身旁奔轉繞圈，四周地板瞬間硬化，將莫小非牢牢嵌在地板中，雙腿掛在樓板下方，且被牢牢抓著。

她奮力掙扎，只覺得身邊被那迷狐狸奔繞施術的地板，比正常樓板堅韌太多，眼前的硯天希滿額大汗，全力盡出扣著她雙手不讓她跑。

「賤狐狸妳這什麼怪招？妳抓著我的手，讓小離躲在底下抓我的腳，這樣能幹嘛？又傷不了我！」莫小非怒叱。

「誰說他在底下？」硯天希說。

一片大火在莫小非背後炸開。

夏又離站在莫小非身後數公尺處，飛快施畫墨繪，召出一隻隻火焰大鷹往莫小非背上炸；他的後背也連著一條紅棕色的大尾巴──硯天希上次受迫舔莫小非的腳，一直記恨在心，一有時間便拉著夏又離研究擊敗莫小非的戰術，終於逮著機會施展。

「這招專門用來對付妳！妳腳踩不著地，手被我抓著，看妳怎麼拍出那些鬼影子？」硯天希哈哈笑著說：「妳這賤婊子喜歡被舔腳是吧。」

「哇！妳派狗咬我腳啊？」莫小非感到被嵌在樓板中的雙腿發出刺痛麻癢灼熱，知道硯天希以探在底下的尾巴畫咒召出鎮魄犬、火鷹等偷襲她的腿。「賤狐狸妳到底有幾條尾巴？」

「尾巴沒那麼好練呢，我只練出兩條。」硯天希這麼說。「一條捲著妳的腿，一條綁著又離。」

「嗯？」莫小非呆了呆，驚覺此時夏又離已經逼近她背後，以兩隻破山胳臂抓住她一手——

目的是讓硯天希空出一手。

硯天希左手還抓著莫小非一手，右手騰出，湊近嘴巴哈了口氣——

再轟隆一拳砸在莫小非臉上，將莫小非整個腦袋打得後仰，然後一拳勾在她腹上。

硯天希擊出第三拳——卻陡然停下。

夏又離被莫小非摔甩來面前擋拳——夏又離雖與硯天希尾巴相連，能借用硯天希魔氣，但力量終不如硯天希本人，扣不住莫小非雙手。

「喝！」莫小非奮力掙開夏又離，按地拍出大影，將整片地板撕裂。

「賤婊子還有這種力氣？」硯天希拉著夏又離抓著飛羽往上飛撞，轟隆衝破樓板。

「別逃！」莫小非憤怒追出天花板破口，尋找硯天希身影，卻驚見萬古大樓頂上戰情出乎意料——

前方那高聳王寶年巨傘，在數百把失控反噬的自家王家傘團團包圍攻擊下，開始微微歪斜；攀伏在巨傘傘頂上那滿滿的造反傘魔，正以凶牙利爪或是刀斧利器，劈砍啃噬扒抓那厚如板金的傘面，在傘面上扒出一道道裂痕甚至是破口；鑽去巨傘內側的王家傘魔，則瘋狂破壞內側傘骨，甚至朝著倒掛在傘下的王寶年那半身巨體撲去。

王寶年驚恐焦怒地甩動黑鏈，鞭打那些朝他撲來的自家傘魔。

「寶年爺，怎麼回事？」莫小非驚訝之餘，已經顧不得追擊硯天希，踩動黑影轉向想幫助王寶年，但立時被幾團火鷹逼開去向。

硯天希與夏又離再次攔在她面前。

「你們煩不煩——」莫小非怒吼撲殺去，與舉著破山胳臂的硯天希和夏又離亂戰一輪，逼退他們，正想去救王寶年，卻又被一個壯碩巨影攔下——是鹿魔羌子。

郭曉春持著羌子傘和童子傘遠遠攻來，令羌子舉起前蹄，朝著莫小非猛踏進攻。

「眞可惡耶你們，你們不要那麼可惡好嗎？」莫小非踩著大影咆哮，拔地竄起，自羌子上空越過，卻又被穆婆婆指揮著一杜樹龍攔腰捲著，轟隆拖入地板，甩進下層傘房裡。

「賤婊子妳說妳賤不賤！」硯天希流星般追入傘樓，趁著莫小非還沒掙脫樹龍綑縛，一拳轟在她胸口，將她再砸進底下那專屬皇宮樓層裡。「妳對別人怎麼可惡都行，別人對妳可惡就不行了？」

硯天希騎坐在莫小非腰際，再次抓住她雙腕；夏又離則背對著硯天希，以破山雙臂緊緊夾挾著莫小非的腿，不讓她踩地踏影。

「變態耶，你們哪學來這麼多怪姿勢……」莫小非奮力掙扎，只見硯天希陡然低頭，轟隆對她臉面撞下一記頭錘。

硯天希這記頭錘，將莫小非身下地板撞得凹陷崩裂，聳立在四周的巨大木櫃像是受到驚嚇般轟隆隆震動起來。

「哈哈哈，笨蛋！」莫小非鼻梁爆裂，痛得滲出眼淚，但見硯天希額頭紅腫、微微暈眩，不禁哈哈大笑起來。

與硯天希五感相連的夏又離，也感到硯天希這記頭錘帶來的副作用，箍著莫小非雙腿的胳臂微微鬆脫；莫小非逮到這機會，猛地拱身挺腰，將硯天希和夏又離彈離身子，倏地蹦起，探手抓向硯天希頸子；但她還沒抓著，又被自上竄下的無數古井大樹樹根捲著四肢，嘩啦給拉上了頂樓。

硯天希和夏又離揉著額頭站穩身子，這才見到這古怪大房裡，一座座巨大櫃子散發出那哀傷而痛苦的奇異凶氣——

硯天希忍不住揭開一面櫃門，只見裡頭擺著一個模樣奇特的女人。

女人全身赤裸，體膚遍布一塊塊古怪縫線圖案，那些縫線全是同一個愁苦鬼臉；女人臉上神情，則與她全身那些愁苦鬼臉一模一樣，是用縫線硬將眼、眉和嘴角縫出的表情。

這女人是莫小非師母。

這怪房一座座櫃子裡，囚的全是過去與莫小非有過節的人，在黑摩組堆築黑夢巨城的過程中，一一被莫小非找出囚來此處，想到時便取出凌虐玩樂一番。

「……」硯天希與夏又離揭開一扇扇櫃門，發現這些人有些已死，正逐漸化魔；有些則死到一半，半人半鬼，且身上都鎖著禁錮法術，防止他們造反。

「天希，妳……想做什麼？」夏又離見硯天希畫咒甩出黑藤，將一座座囚人大櫃拉近身邊，圍成一圈，不由得有些好奇。

「賤婊子愛玩這種遊戲，我讓她一次玩個過癮。」硯天希哼哼地拍了拍手，仰頭望向頭頂上方幾層天花板破口外的夜空。

「不過這一次，規矩由我來訂。」

夜空中傳來莫小非與穆婆婆樹龍、郭家傘魔亂鬥的咆哮罵聲。

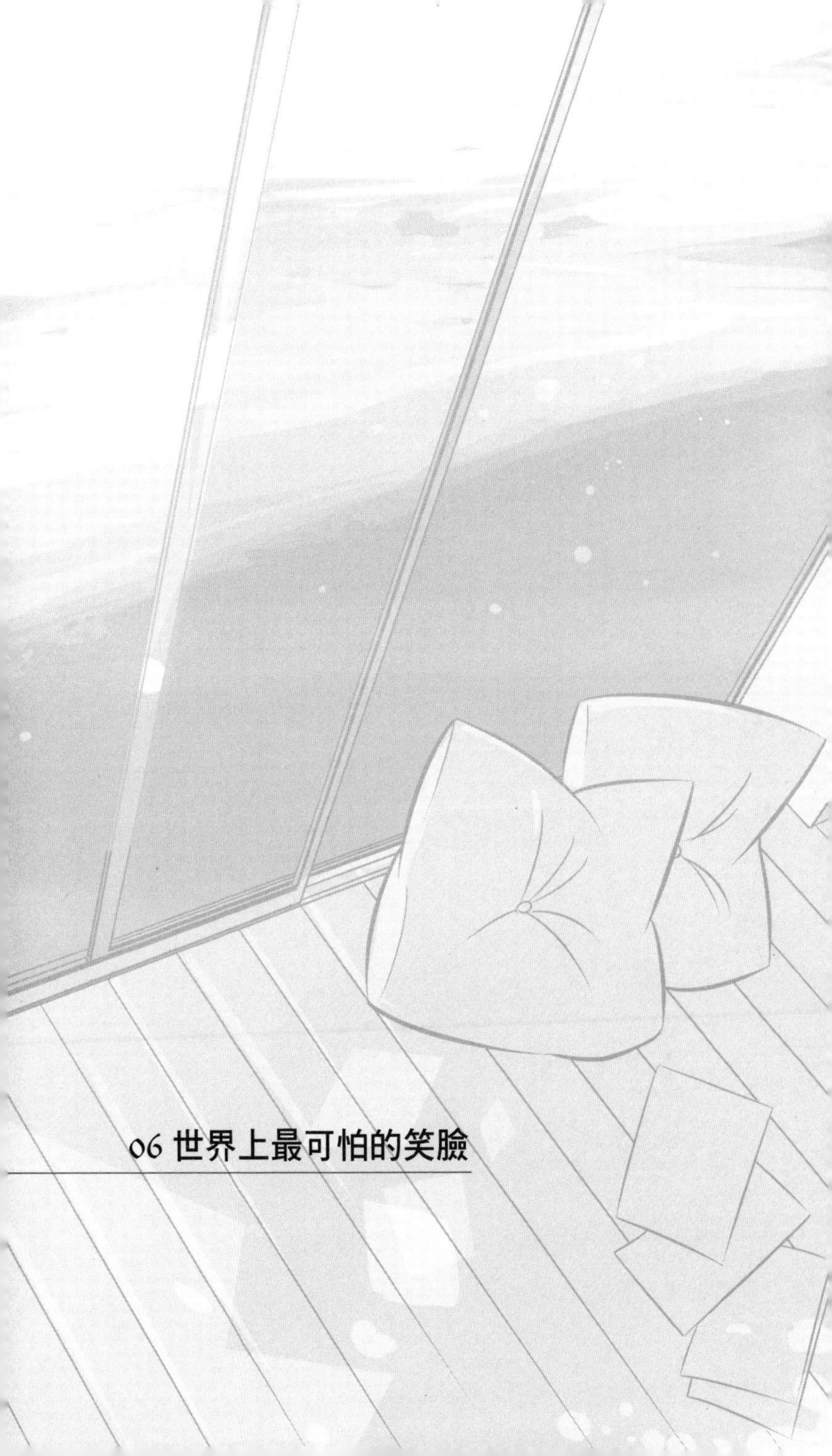

## 06 世界上最可怕的笑臉

「可惡呀，你們這些混蛋傢伙！你們把寶年爺怎麼了？」莫小非怒叫著，遠遠望著那已經傾斜四十五度，傘緣都抵著地板的王寶年巨傘。

巨傘傘面猶如暴風過境般殘破不堪，裡頭一支支傘骨被啃得歪折斷裂，上千隻被斬斷了黑鏈的王家傘魔，在傘身內外穿梭竄找，前仆後繼地往蜷縮在地上的王寶年撲去。

王寶年用殘餘的力氣操使數十條黑鏈指揮少許傘魔應戰，守護著自己那副巨大半身巨體——他那用以補充魄質的血池被何孟超封下，氣力逐漸衰弱，周圍天際還張著超過八千把傘，此時他進退兩難，若不收傘，阿滿師便持續斷他操傘鐵鏈，增加更多反噬傘魔；但要同時施咒收闔數千把傘可也不輕鬆，會令他分心而無法全力抵抗殺到眼前的造反傘魔。

**咕嚕咕嚕**——王寶年眼睛亮了亮，突然感到有股細微的力量湧入了他的身體裡，令他甩動鐵鏈護身時，能揮得更大力些。

他掃開一片自家傘魔，望向血池方向。

何孟超朝他點頭笑了笑，說：「王寶年，你是個厲害的傘師，也是個成功的商人，我想和你做筆買賣，你意下如何？」

「買賣？」王寶年呆了呆，才剛分神，立時就被反噬傘魔撲近亂咬，只好奮力甩動鐵鏈鞭退他們，喘著氣問。

「你跟安迪應該只是臭味相投，應該不是甘願做他奴才吧。」何孟超笑嘻嘻地說：「商場上沒有永遠的朋友，也沒有永遠的敵人，你這麼聰明，應該聽得懂我說什麼才對。」

「你……你要我？」王寶年先是一愣，跟著又感到一股魄質灌入體內。

何孟超遠遠地控制著他那白色結界，彷彿成了血池的閘門，控制那幾條泡在血池裡的粗實黑鏈，令他得到少許營養補給。

「別聽那死胖子的廢話——」莫小非怒吼。「他想拐你背叛安迪！他在說謊，別上他的當呀寶年爺！」

「偷搶拐騙這種事，你們黑摩組不是一向最在行嗎？」穆婆婆怒叱，指揮著數條樹龍圍攻莫小非——莫小非數小時前被何孟超使計壓在美濃山區地底深處，消耗不少力氣才破山而出，又全力使出影術飛來台北，本已十分疲累，跟著被伊恩斬去一腳，又與硯天希數輪大戰，此時已是強弩之末；相反地，穆婆婆那古井大樹有協會石箱魄質加持，再加上孫大海全心照應，與穆婆婆聯手指揮，十數條樹龍忽前忽後，全力追纏莫小非。

莫小非甩動黑影打退樹龍，立刻又被郭曉春指揮著羌子追上，羌子舉著大斧追踏莫小非，一陣猛打，打散她身旁所有影兵，逼得她高高躍起。

無數青竹枝條竄來，捲上莫小非四肢，那是阿滿師手上的鎮宅傘竹頭鬼子——阿滿師見大勢底定，也指揮鎮宅傘一同圍捕莫小非。

由於王寶年此時氣力耗弱，大部分王家傘魔都像是裝飾般站定不動，魏云便下令一架架運輸直升機找著萬古大樓頂空曠處停降。

「協會行事作風跟晝之光不同，你是知道的。」何孟超遠遠對王寶年喊話。「你投降吧，我能保你不死，也能替你爭取最大限度的自由，你還是能像以前一樣，甚至養些人替你煉傘，只是規模和以前有點落差，且必須受協會嚴格監控——要是落在晝之光手上，就不一樣了，這點不須我多說，你絕對明白。」何孟超說到這裡，頓了頓，又說：「王寶年，你是個商人，不是個戰士；就算你是戰士，也無須效忠安迪，不是嗎？」

「別聽他放屁——」莫小非憤怒大吼，猛地掙斷無數竹頭鬼子竹枝，轉頭往血池方向竄，想打何孟超，卻被追至背後的羌子一把揪住腳踝。

同時，那約莫一層樓高、以無數青竹細枝纏成的巨大人身——竹頭鬼子，在莫小非面前現身，扣住她一雙胳臂。

「冥頑不靈的惡人呀，害死禮珊和她孩子的，就是你們這批人吧！」阿滿師在竹樓上怒罵：「竹頭鬼子，給我卸了她那雙爲非作歹的胳臂！」

竹頭鬼子牢牢緊握莫小非一雙前臂，緩緩後退；羌子則抓住了莫小非一雙小腿，在郭曉春指揮下，也開始抬蹄後退，一前一後，像是想將莫小非手腳拉斷一般。

「就憑你們這些傢伙……」莫小非雙眼異光竄射，奮力掙扎起來，像是想榨出全力，她憑著殘餘指魔蠻力緩緩將被拉直的手臂彎回、湊近嘴邊，然後張嘴一口口咬斷竹頭鬼子捲著她前臂那層層竹枝；她只咬下幾口，頸子便讓一條樹龍分出的粗枝捲上，頭髮也被另一條粗枝揪住，將她腦袋向後拉，更多樹龍捲上莫小非全身——穆婆婆與孫大海也指揮著古井大樹趕來參戰。

「嘎、呀——」傘童隊在郭曉春指揮下，將莫小非團團包圍，有些郭家傘魔舉著長柄武器往莫小非身上戳刺，卻刺不穿莫小非皮肉——此時她的指魔力量雖已消耗甚多，但仍比尋常傘魔強悍許多。

一個輕盈的身影，雁鳥般落在竹頭鬼子胳臂上，是魏云。

魏云躬身蹲下，左手捏著一排長針，右手在莫小非張開的五指和胳臂上點點按按，像是想尋找下針位置，但摸索半晌，卻搖搖頭：「她還有餘力……我的針扎不進去，否則我能封阻她指魔力量……」

一條黑鏈圈上莫小非頸子，鑽進大樹粗枝間，緩緩勒緊。

「寶……寶年爺……」莫小非瞪大眼睛，像是不敢置信王寶年轉向對她出手。

「這是成交的意思嗎？」何孟超蹲伏在白色血池上，雙手按著雪白一片的血池池面，控制著王寶年數條黑色鐵鏈吸取池中血漿的速度，讓他抵抗自家傘魔圍攻之餘，還能騰出手相助眾人。

「是……」王寶年喘著氣說：「不夠、還不夠，我需要更多血……」

「不行。」何孟超笑著搖搖頭。「這樣剛剛好，你放心，我會保著你，但你得乖乖收去你家所有傘才行。」

「姓何的，你在玩什麼把戲？這小娃兒就剩一口氣，我們慢慢打也打得死她，你跟那老怪物談條件？要是他吃飽了反悔你怎麼辦？」穆婆婆和孫大海遠遠見到本來虛弱快死的王寶年，突然又恢復點氣力，還能出手幫忙壓制莫小非，這才驚覺是何孟超在幫助王寶年，不由得驚訝喝問。

「穆婆婆，何孟超這麼做有道理。」安娜撫著斷肋傷處，來到穆婆婆身旁，向她解釋：「要是王寶年突然死了，這四周萬把王家傘無人來收，又失去反噬目標，就會找新目標下手，到時候可麻煩得很。」

孫大海和穆婆婆聽安娜這麼說，這才明白此時萬古大樓四周天際仍張著近萬把王家傘，此時王寶年無力操傘也無力收傘，卻也不能輕易棄傘，只能盡力僵持。倘若王寶年死了，所有王家傘魔失去第一目標，便會轉向盯上其餘一切活物，甚至四處流竄至整個城市，這些王家傘魔久經修煉，比鬼殺陣惡鬼還要凶殘暴戾許多，要是擴散流竄開來，威脅可不亞於一個黑摩組。

「寶年爺……你……」莫小非感到頸子上的勒力逐漸加重，只能催動更大的力量與之抗衡。「我要……我要向……安迪告狀……你……」

羌子猛喝一聲奮力鼓臂、竹頭鬼子一雙青竹臂也逐漸緊縮拉實、古井樹龍纏捲得更大力、王寶年的黑鏈勒得更緊，冒著黑煙的鏈頭還不停往莫小非咽喉鑽——

魏云一根長針，終於刺入莫小非手腕數分。

「唔！」莫小非身子陡然一震，彷彿被切斷了一小部分電源般，驚駭掙扎起來。

然後是第二針、第三針——魏云的扎針動作飛快流暢，一口氣在莫小非右臂刺下十餘針，然後在她左臂也刺下十餘針。

「哇！」莫小非驚呼一聲，感到自己的身子像是遭到斷電的玩具般，迅速耗弱；她在魏云捏著一根銀針刺向她人中的最後一刻，將全身殘餘力氣一口氣迸發出來，震飛魏云、抽回雙腿，掙斷部分竹枝和樹龍，將口中黑鏈一把抽出。

莫小非虛弱暈眩地掙落下地，正想掐影遁地，卻見到地板變得雪白一片。

幾隻白狐狸在她四周探出頭來，然後是一雙手從底下竄起，揪住她的雙踝，地板崩出裂痕，轟隆碎開，硯天希將莫小非拖入下層傘房裡。

「賤婊子吃我一拳！」硯天希一拳砸在莫小非臉上，將她鼻子打得扁了。

「賤……」莫小非想要回嘴，卻被硯天希掐著脖子，一連搧了十幾個巴掌——莫小非被魏云封印了指魔之力，精疲力盡，對硯天希的攻擊毫無招架之力。

「小狐魔，夠了——」魏云從頂樓探頭，朝硯天希尖叫。「她已經敗了，帶她上來，協會自有處置！」

「誰說……我敗了？」莫小非臉面被硯天希打得瘀腫難看，口齒不清地說：「安迪會來救我……一定……」

「妳看，她還不認輸。」硯天希說。

「妳現在的舉動不符協會規矩！」魏云喊。

「我記不住協會規矩呀？妳一條一條唸給我聽，看我想不想得起來。」硯天希嘿嘿冷笑一聲，見身旁夏又離面露猶豫，似乎也想勸她停手，便反手頂了他肚子一肘，跺了跺地，令腳下再次張開雪白符籙光陣，又發動迷狐狸。

地板崩開，硯天希揪著莫小非，再次落入底下樓層。

落進一個巨大圈圈中央。

那大圈圈，是莫小非娛樂房裡的十餘座碩大囚人大櫃，被硯天希和夏又離排成圓形圈圈，櫃門全朝向內側。

「小狐魔，妳到底想玩什麼？」魏云喊著：「她手上的針或許會脫落，會使她重新得到指魔之力。」

「我想看賤婊子哭著向我求饒。」硯天希環視大櫃圈圈，說：「可憐的傢伙，你們也這麼想，對吧？」

「她已經輸了，放過她吧，她只是個……」魏云還想說些什麼，卻見底下那圈大櫃，轟隆隆揭開一扇扇櫃門，跌出一個又一個奇身異體、半鬼半魔的傢伙們——全是被莫小非囚在櫃中、日夜淩虐的那些仇家。

硯天希在催促夏又離排列大櫃的同時，也順手解去了櫃中傢伙們身上的禁錮封印。

「魏醫生，妳別怕，我怎麼會給她機會重新用那些臭手指。」硯天希拉著夏又離高高竄起，雙手和尾巴飛快畫咒，甩出無數黑藤，將那大櫃裹得如同一座碩大鐵籠，像是一座鐵籠格鬥場。

硯天希拉著夏又離，落在那黑藤大籠頂端，手上還提著一隻墨繪凶爪猿，那凶猿一雙利爪上，鉤著兩隻手——

莫小非的手。

「先不說他們從來沒給過我千雪媽媽機會，現在我倒想看看這些被賤婊子關在怪櫃子裡的可憐的傢伙們原不原諒她。」

硯天希還沒說完，黑藤大籠底下的莫小非，被一個個過往仇人團團包圍，按在地上，揪住手腳啃咬起來，發出痛苦的恐怖哀號。

莫小非的師母跨坐上她身子，捧著莫小非的臉，像是想將莫小非瞧個仔細——師母臉上的那被縫線硬縫成的愁苦表情，逐漸開始扭曲，彷彿心中的狂喜超越了縫線的韌性，令臉上縫線一根根綳斷，擠出一張笑臉，瞅著莫小非厲聲尖笑起來。

「師母……」莫小非瞪大眼睛，彷彿看見了世上最可怕的笑臉。

然後她發出悽厲的慘叫：「小狐魔、硯小姐，我錯了，求求妳放過我——好可怕、好痛好痛呀——快趕走她，她好可怕、師母、師母，對不起，原諒我，我下次不敢了，哇呀——」

「天希、天希，她求饒了……」夏又離拉了拉硯天希胳臂。

「哦，我聽見了。」硯天希哼了哼，雙手畫開幾道墨繪，甩出更多黑藤，將腳下大籠纏繞更緊，從一座籠子繞成一座密不透風的銅牆鐵壁。

「不過呢，我不原諒她，怎麼樣！這大籠子裡每一個人，之前肯定都可憐兮兮哭著向她求饒過，那時候如果她心軟放他們一馬，現在至少可以痛快死在老娘鐵拳下舒服點呀！什麼叫自作孽不可活，這就是了！」硯天希昂頭望著聚在上方樓板破口往下張望的魏云和郭曉春、穆婆婆、孫大海等人，哼哼地說：「誰不服氣，下來跟我打一架呀。」

「……」魏云搖搖頭，嘆了口氣，起身轉往他處幫忙。

郭曉春神情茫然，身子微微發顫，不知所措。

安娜聳聳肩、穆婆婆挑挑眉，表示不置可否。

孫大海點點頭笑幾聲，說：「小狐魔說的有道理呀，嘿嘿。」

「那黑摩組惡人怎麼啦？」阿滿師的聲音遠遠地傳來。「死了沒？要不要俺幫忙呀？」

# 07 王牌

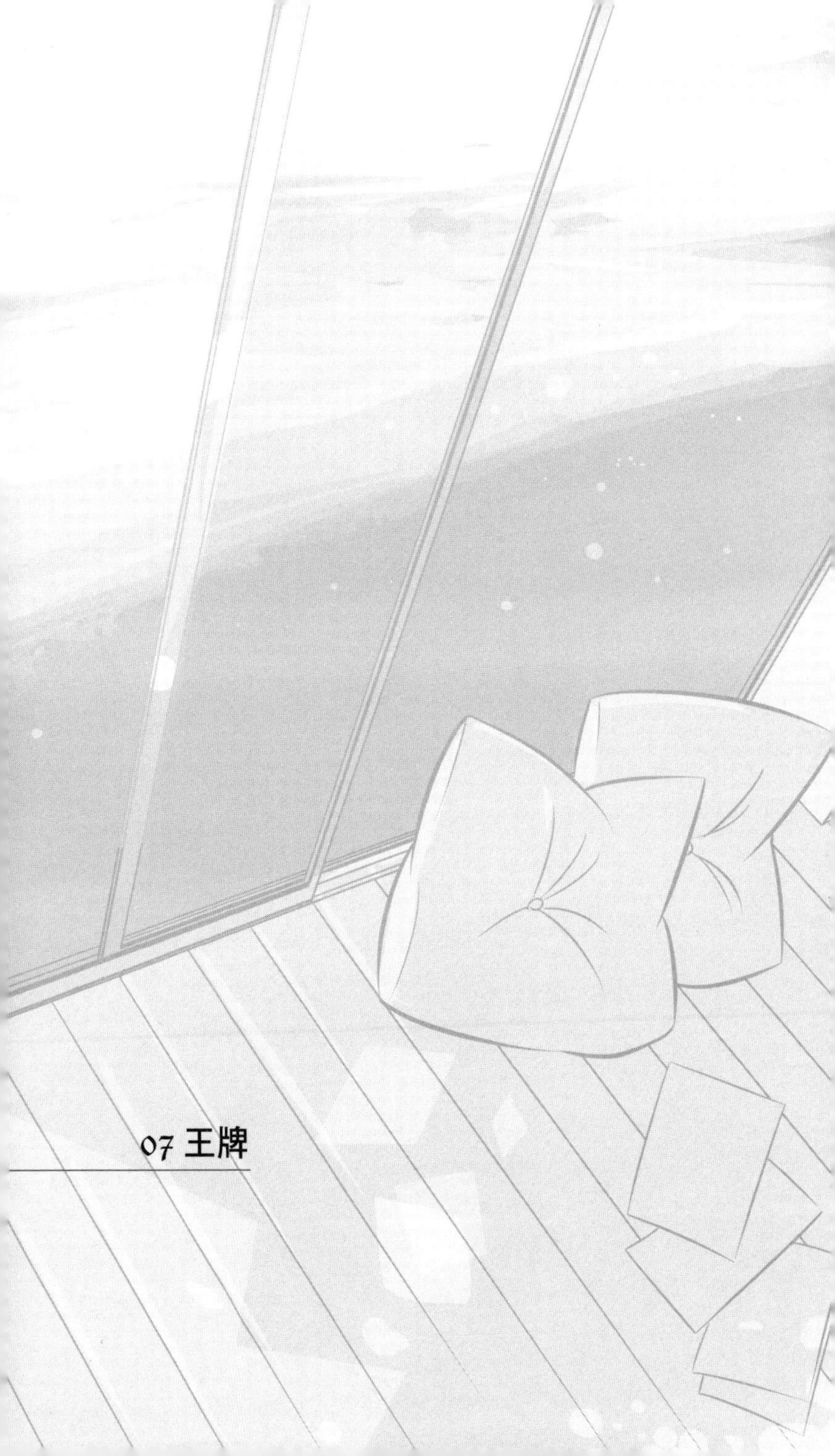

「終於安靜下來了對吧，我帶走他們了，你不會聽見他們的聲音了。」伊恩望著被取回全數夜天使肢體、臟器之後，空洞洞地彷如一具悲慘容器般的周書念。

「孩子，我不知道你的過去，不知道你無不無辜，但也不能將我兄弟姊妹的手腳留給你當玩具……」伊恩嘆了口氣，將周書念屍身拋遠。

他站在巨貘鑽地車車上，身後那紳士石雕旁還擺著一具貼著符籙的雪白方形大物，那方形白箱，正是伊恩從周書念體內取下的所有夜天使肢體和臟器，被雪姑和明燈以蛛絲符籙整齊包裹聚成方形。

此時鑽地車停在那古怪叢林樓層裡，四周紅通通的，吹拂著陰森的風。

「伊恩老大！」「鴉片死了！」散落四周的晝之光成員，正激動地簇擁著殘破妖車載著的青蘋與負傷夥伴，激動地往鑽地車聚來。

遠處，鴉片垂頭跪地，全身堆滿怪蟲——他雙臂與身體分離，肋骨盡斷，全身血肉與臟器讓蟲群吃去大半，已經死去。

陳碇夫靜靜站在鴉片面前，望著鴉片殘屍默默無語。

賀大雷在擊斃鴉片之後，以爲自己擊斃老友，崩潰長號，被小蟲在後頸上刺下深眠刺青，在妖車上昏厥睡死。

眾人走近鑽地車，卻見伊恩抬起手阻止眾人靠近，紛紛抬起頭，都感到上方破損樓板滲下凶猛殺氣——

硯先生蹲在數層樓上破損樓板邊緣，一會兒搔搔頭、一會兒捏捏腳，不時東張西望，雙眼精光閃爍、嘴裡唸唸有詞。

彷彿在等待時機大開殺戒。

安迪和宋醫生則站在更高處往下張望。

「伊恩老大……」青蘋捏了捏百寶樹莖藤，令纏在鑽地車身上的百寶樹生出更多人身果。

小迪奇噫噫呀呀地在駕駛艙裡怪叫不休，指揮著自鑽地車身鑽出的幾隻小貘，變化成長管鑽頭，鑽透地板一路往下查探情勢——地底似乎發生了令小迪奇難以理解的變化，已聯繫不上原本在巨腦裡擴張運作的大貘工廠和整支貘隊，此時她能夠指揮的，便只有這巨貘鑽地車十餘隻貘而已。

「安迪……」宋醫生望著十餘層樓底下的伊恩，再望望硯先生。「那大狐魔聽話嗎？」

「不太聽話……」安迪苦笑了笑，低聲說：「我已快沒力氣拿他了，你看，他一副等我鬆手之後就要咬我脖子的樣子。」

硯先生蹲在樓板破口邊緣，朝著底下東張西望，不時也抬頭望望安迪和宋醫生，有時會咧嘴嘿嘿笑個幾聲。

雙眼微微閃動冷光。

「王寶年呢？」宋醫生見到硯先生的目光，不由得倒吸幾口冷氣。

「已經聯絡不上了。」安迪說：「可能死了，也可能……」

「降了？」

「可能。」

「嗯，所以現在……他們毀了巨腦、取回神草、擊敗王寶年，還殺了鴉片和阿君，又讓伊恩重新生出人身……」宋醫生壓低聲音問：「我們敗了，得想辦法脫身。」

「……」安迪靜默幾秒，說：「阿君其實沒死、巨腦也沒壞，我手中還有王牌……不過你想退，我不會攔你。」

「你還有……王牌？」宋醫生呆了呆，又望向硯先生。「你想用硯先生殺光他們？你不是說你已經沒力拿傘了？」

「安迪。」伊恩摘下兩顆人身果，隨手捏碎，令新生出的人身果肉填補進舊果肉，延續人身狀態。「你現在還覺得我的弱點，是弱點嗎？」

「我不懂你想說什麼。」安迪說。

「張意在遇上長門之前，只是個懦弱膽小的孩子；長門在加入晝之光之前，只是個每天愛笑愛唱歌的孩子。愛變成了勇氣，令張意陪著長門堅持到最後一刻；恨變成了力量，讓長門變成令你們膽顫齒裂的夜天使——而長門及所有晝之光成員對你們的恨，正好來自於被你們摧毀的摯愛。」伊恩望著安迪，說：「愛未必盲目，恨也沒那麼醜陋——它們都是人性的一部分；這些被你鄙視、不屑一顧的人性，提供了身而爲人的我們源源不絕的勇氣和力量，使這些弱小的孩子們，一個個堅毅地踩在火海裡擋下你們，給予你們迎頭痛擊。」

「你眼中的弱點，正是我們一路走來的王牌。」伊恩又摘下更多人身果，讓雪姑蛛絲纏繞在他腰間備用。「推動你們向前的動力，只是一個你們想像出來的虛幻玩具，讓你們以爲擁有這個玩具，就能超越一切了，你們爲了這個玩具，不惜犧牲所有人，製造大量痛苦。現在，玩具被我們毀壞了，你接下來，該如何是好呢？」

「很動人的演說，但你弄錯一點。」安迪望著伊恩，說：「我的玩具還沒壞，只須要稍加修理……」

「那你得付點修理費了。」伊恩轉了轉虎咬刀，令虎咬刀燒起旺盛金火。

「當然。」安迪鬆開一手，只以右手握傘，青傘微微震動起來。

樓板下的硯先生，噫了一聲，仰頭往上看來，咧開嚇人笑容。

「安迪，你想幹嘛？」宋醫生感到硯先生透出的凶猛氣息，猛地一驚。

「我要掀開王牌。」安迪緊握青傘的右手，胳臂浮凸起一條條古怪筋脈。他甩了甩左手，

抹去滿臉汗水，剛剛在樓上攝得王寶年送下供他裹腹的傘魔力量，似乎因為重新開傘而消耗將盡——他舉著顫抖的左臂湊近嘴巴，咬開手腕皮肉，咬出一截二十餘公分長的錐狀物，含糊不清地說：「這維修費，眞是天價……」

伊恩盯著安迪、盯著硯先生，神情有些猶豫，他知道安迪定有圖謀，但此時蹲在兩方樓層中央的硯先生，全身殺氣奔騰，且敏銳得不得了，稍微有所動作，都會刺激到硯先生——倘若只他一人，他已動身揮刀，但四周全是負傷夥伴，要是驚動了硯先生，隨意撒出的巨狼或是火鳳凰，就會讓夥伴又少去一些。

安迪左手捏著那支自手臂咬出的釘狀長物，用口咬開外頭覆蓋的奇異符紙。

那是一支鬼噬釘。

「安迪！」宋醫生瞪大眼睛，面露驚恐神情。「等等！你該不會想……」

「啊？」伊恩望著安迪，有些愕然，似乎猜出他的意圖。「我見過無數瘋子，你是最瘋的一個……」

「過獎了。」安迪將鬼噬釘插進自己脖子裡。

他舉著青傘的右臂陡然炸開，斷骨與血肉飛竄濺灑，在空中竄成一條紅色巨龍，往下飛竄而去。

紅色巨龍銜著安迪斷臂、強拖著青傘往伊恩頭頂撲下。

「吼——」硯先生雙眼發出異光，像是隻自籠中掙脫而出的凶獸，吼地變身竄大，化為巨大黑狐。

「大家離我遠點，想辦法撤退！」伊恩拔聲大吼。

「嘎呀！」化身成黑色巨狐的硯先生，被青傘拖拽下樓，撲上那巨龍腦袋，一口咬碎巨龍腦袋，搶下安迪胳臂，捏了個稀爛不停往嘴裡塞——

硯先生正式發動反噬。

整條紅色巨龍轟地炸開，灑開漫天血雨。

伊恩高高躍起，腳下、四周張開一面面巨大符陣，那符陣外高內低，以伊恩為中心張成盤狀，像是刻意接下那陣血雨。

「怎麼回事？」夜路、盧奕翰、小蟲等見到那頭發生的變故，驚慌得不知所措。「安迪拋下傘了？」「他想幹什麼？」

安迪則猶如一道紅色落雷，藉著血雨，轟隆竄進地板，遁入下方樓層中。

「吼——」硯先生扯裂巨龍，卻仍然無法宣洩胸中惡怒，四處看了看，只看見當頭淋了一身紅血，踩著明燈符籙站在他眼前的伊恩。

伊恩染著全身的紅血冒出陣陣詭異煙霧，不時竄出一些血畫咒獸朝著硯先生仰頭嘶吼。

「嘎！」硯先生望著伊恩，面露凶光，像是找著了仇人般，閃電般朝他竄去。

伊恩則再次施展符術，繞了個大圈，往樓上的宋醫生竄去。

「我看懂了！」夜路嚷嚷地說：「安迪沒力氣指揮硯先生，故意扔傘讓硯先生反噬；他斷臂灑血，是爲了讓大家都沾上他的血，讓瘋瘋癲癲的硯先生襲擊所有人，製造混亂再趁機逃走；而伊恩老大開符接血，讓自己變成目標，引開硯先生，掩護我們撤退！」

「他既然想逃，在自己脖子上插鬼噬做什麼？」「我們現在要撤？巨腦還沒解決呀！」眾人驚愕地簇擁著妖車往巨貘鑽地車趕去。

眾人剛來到鑽地車旁，還未討論下一步，便感到地板轟隆隆震動，崩出一道道裂痕。濃烈而古怪的氣息，自一條條裂縫透出。

「那是巨腦的氣息？」「怎麼那麼怪？」眾人驚慌圍繞在巨貘鑽地車旁，一時不知所措。

「這裡是地底，我們要往上撤？」

「嘎——」小迪奇突然拔聲尖叫起來，激動晃動搖桿，令鑽地車重新架起大鑽頭，轟隆隆地發動，往前疾駛一陣，然後停下。

「怎麼回事？」眾人追上鑽地車，陳順源在吳楓攙扶下登上鑽地車，與驚慌失措的小迪奇雞同鴨講起來。「怎麼了，小丫頭！什麼？妳說什麼？死了？妳說誰死了？底下那些貘都死了？有怪物在吃他們？什麼怪物？」

地板轟隆隆地再次巨震，裂縫透出更爲劇烈的異風。

「大家快上車，動作快點，底下有東西要出來了！」陳順源吆喝指揮著畫之光成員登上巨貘鑽地車和妖車車廂裡。

陳碇夫領著飛蟲，竄到了鑽地車上空，抓住鑽地車身甩上的兩條金屬臂，身後蟲翅奮力狂振，一舉將巨貘鑽地車拉拔騰空。

後頭妖車隨即跟上，青蘋指揮著黃金葛條條往上捲著鑽地車身，同時令那石蓮獸提著黃金葛竄上半空，協助陳碇夫一齊拉車，將妖車也緩緩拉上空。

「青蘋，妳身體還能撐多久？」夜路攀入妖車，蹲在駕駛座後方，盧奕翰則拉著車外支架，踩在駕駛座外，與夜路一內一外守著青蘋。

「我不知道……」青蘋氣息虛弱，身子深深埋在黃金葛葉堆中，閉目捏著數株神草莖藤，像是在尋找著什麼，只聽遠處兩聲怪叫，小八和英武被黃金葛捲著，急急拉回妖車，他倆爪子上還緊緊同抓著一只大布袋，嘎嘎亂叫。「怎麼回事？發生怎麼事了？」「要回家啦？」

盧奕翰在駕駛座外伸手接過小八和英武拎來的布袋，只見袋裡裝著不少看起來很營養的東西，本來眉頭一皺，想罵上幾句，但見青蘋臉色蒼白，趕緊從袋裡抓起東西吞食下肚，供輸青蘋魄質續命。

妖車隨著巨貘鑽地車緩緩升高，青蘋仍能透過不停延伸的神草根莖，感到那供應巨腦養分的冷藏庫房裡似乎發生了變故，有股巨大的力量破地而出，一口氣吞噬了所有的魄質箱子和各種珍奇寶物。

那東西似乎就是小迪奇口中的「怪物」。

彷彿永遠也吃不飽一般。

眾人只見那叢林樓層地板快速隆高崩裂，裂縫中擠出一團團奇異肉瘤。

那肉瘤看起來彷如人腦，腦上卻長出一隻隻手腳甚至鬼臉。

一張張鬼臉張嘴哭嚎或是尖笑，吼出一陣陣異風，朝著鑽地車與妖車吹來。

「哇！」夜路突然感到身子裡的鬆獅魔和有財在他體內躁動起來，正訝異間，只見青蘋神情呆滯，揪著數株神草莖藤的雙手微微鬆開；站在駕駛座外車身支架上的盧奕翰，一個恍神就要摔下車。

夜路連忙探手揪住盧奕翰，急急地問：「怎麼了？吃太撐胃不舒服想吐嗎？」夜路才剛說完，陡然覺得天旋地轉、頭痛欲裂，捧腹嘔吐起來。

「怎麼了？」盧奕翰被夜路一扯，反倒清醒些，轉頭探手入車廂裡捏著夜路肩頭搖了搖。

「你幹嘛？你暈車啊？」他見到青蘋神情古怪，又見到小八、英武竟和神官在車頂打成一片，互相爭搶啄食起那方布裡裹著的奇蟲怪藥，不由得驚奇大喊。「怎麼了？怎……」

盧奕翰才問兩句，再次感到天旋地轉，趕緊撲進車廂，還踩著夜路的嘔吐物滑了一跤；他見妖車車廂裡負傷畫之光成員有的抱頭痛哭、有的捧腹嘔吐、有的憤慨怒罵、有的甚至推擠扭打起來，陡然警覺大喊：「是黑夢！」

「大家別亂！」陳順源腰際纏著吳楓白繩，自上躍入擠滿了人的妖車車廂。

眾人只見陳順源肩上還騎著化回孩童模樣的老金，老金雙手則捧著一個乾癟腦袋。

「怎麼回事，發生什麼事？」本來暈頭轉向的夜路，被躍入車廂的陳順源和老金撞得稍微回神，驚慌嚷著：「這什麼東西？老金，你哪撿來個怪頭當零嘴啊？」

「零嘴個頭，這顆頭就是壞腦袋！」老金拍著那壞腦袋的乾癟腦袋臉頰，只見壞腦袋腦門上貼了幾張明燈黃符，符籙微微發出螢光。「壞腦袋，你就是壞腦袋是吧，醒醒、醒醒！現在只有你能擋那黑夢了！」

「怎……怎麼了？」壞腦袋那乾裂嘴巴微微動起，被縫著的眼皮底下，一雙眼珠子骨碌碌地轉動起來。「我死了嗎？」

「你沒死。」陳順源嚷嚷地說：「大前輩，伊恩在你頭上貼了些符，輸了些力量給你……」

「這是壞腦袋？」「剛剛那陣黑夢是他造出來的？」盧奕翰和青蘋見老金抱來壞腦袋後，那陣古怪噁心的感覺便減退不少，車廂裡負傷的畫之光成員也不再騷動。

「怎麼回事？是誰跟我說話？怎一堆人都進了我夢裡？那小子呢？」壞腦袋有些驚愕，一下子反應不過來。「小子，你在不在？你上哪兒去了？」

「哪個小子？」陳順源這麼說。

「那個三天兩頭闖入我夢裡的小子呀！剛剛我明明嗅到他的氣味，怎地跑不見了？你們是誰呀？現在我不是作夢？這是哪兒？我身體呢？」壞腦袋連珠炮似地問，還不停咧嘴吐舌。

「我好渴呀……我舌頭都裂了，有沒有水呀……」

「闖入你夢裡的小子？你是說張意？」陳順源呆了呆，回頭望了望鑽地車後貘上的張意屍身。「前輩，他死了。」

「啥？死啦？」壞腦袋呆了呆，被縫住的眼皮微微掙動。「我還沒見他，他就死啦？你們是誰，你們是他的朋友？你們救出我了？啊，說話之人，我記得你身上菸味……你是那什麼源？」

「前輩……你知道我？」陳順源訝然。

「我在夢裡見過你的樣子，記得你的菸味凍得像冰一樣……」壞腦袋喃喃地說：「那些人應當是你朋友，我見的是他們的夢裡的你……」

黑摩組虜獲許多協會與晝之光成員進黑夢逼供拷問，黑摩組等人施展黑夢力量控制那些人時，壞腦袋也能零零星星地瞧見眾人腦袋裡的過往記憶，隱隱約約記住許多名字。

那些名字之中有些人已經戰死。

有些則正在鑽地車和妖車上與眾人並肩作戰。

一陣更為劇烈的魔風自底下往上吹拂而來，黑霉快速鋪滿了各樓層裡一支支梁柱，亂糟糟的鋼筋、奇異建築板塊胡亂堆疊鋪開，然後又被不停上湧的奇異巨腦肉壁推裂撐爆。

妖車上眾人再次發出哀號。

就連陳順源與老金都抱頭躁動，東倒西歪起來。

「怎麼回事？又怎麼了？」壞腦袋那乾癟腦袋抖了抖，他雙眼被縫著，看不見東西，只感到一陣陣熟悉的氣息四面亂吹，他問了幾句，但擁擠的車廂裡卻無人應他，只聽得四周響起一陣陣痛苦呻吟。

「是誰在仿造我的夢——」壞腦袋陡然怒喝一聲。

下方那快速堆上的奇異腦壁組織登時像是被鐵鎚砸過般，瞬間矮下數公尺，同時漫天黑霉也唰地抖落下地，四周登時平靜許多。

陳順源、夜路、小蟲、老人等在車廂裡虛弱地掙扎起身，紛紛探頭出車捧腹嘔吐。

「我的……身子是不是在附近？」壞腦袋突然開口問。

「什麼？」眾人相視一眼，一下子不明白壞腦袋在說些什麼。

「我感覺得到……我的身子就在附近。」壞腦袋喘著氣說：「有沒有水呀，我好渴呀……」

「啊呀！」老金像是想起了什麼，探出頭往上看，只見此時數十層樓上空樓板破口，不時可見硯先生的身影穿梭。

硯先生猶自瘋狂追殺伊恩，伊恩則緊追宋醫生，宋醫生拚命往上飛逃，卻屢屢被硯先生的大火和伊恩的法術阻住了去路。

「壞腦袋，你說的『身子』是不是又小又臭啊？」老金這麼說。「硯先生青傘上掛著個像是身體的東西。」

「他們鎖著我幾百年不給我洗澡，當然臭啦……」壞腦袋張開嘴巴，咬下夜路揭開來的蟲果子——此時妖車滿地嘔吐物，一時也找不出清水，夜路只好摘下幾顆半生蟲果，那些未熟的小蟲果裡頭是些幼蟲，倒是軟嫩多汁。

壞腦袋吃了幾顆蟲果，倒十分喜歡，嚷嚷地還要更多。

「啊！那是什麼？」英武與小八在車頂支架上怪叫起來，眾人往下望去，只見那平息下來的腦壁組織，轟隆凸起一座兩、三公尺高的小丘，那小丘模樣像是腦瘤一般，瘤上生著一顆顆怪臉、一條條胳臂，那些胳臂和怪臉你推著我、我扒著你，像是在惡鬥一般。

小丘高處，則聳立出兩個身影——

邵君和安迪。

邵君的身體已不像人的身體，軀體歪曲浮腫，掛著一隻隻古怪手腳和人頭；安迪的身子還約略維持著原形，但面貌也有些扭曲。

此時的安迪和邵君像是對峙著，安迪單手掐著邵君頸子。

邵君則張揚著全身怪肢胡亂掙扎、擊打著安迪。

「那……那是鬼噬？」眾人遠遠望見那小丘上的情景，驚駭大叫起來。「剛剛安迪用鬼噬插自己，怎麼邵君也被鬼噬寄生，且還更嚴重？」「啊！會不會是張意，我記得他隨身帶著一支鬼噬釘！」「原來邵君在底下中了鬼噬！」

「所以小迪奇說的怪物，就是吃下了巨腦的鬼噬？」夜路指著底下那古怪腦壁上的手腳和鬼臉。

「鬼噬吃下巨腦？怎麼看起來像是巨腦裹住一堆鬼？」「不！那些腦是鬼噬長出來的，鬼噬永遠吃不飽，且吃什麼長什麼，吞食活人長出手腳鬼臉、吞下巨腦，就長出一堆堆像腦的肉瘤！」眾人你一言、我一語討論底下情形。

「我大概懂了……」陳順源說：「安迪在自己身上刺入鬼噬，故意放傘激硯先生暴動，趁機遁入地底，跟邵君身體裡的鬼噬搶奪巨腦力量……」

「有這種事？」夜路瞪大眼睛。「我看過你們提供的資料，也知道當時伊恩身中鬼噬之後的變化——伊恩當時花了好大苦心才壓制住鬼噬，安迪如果讓鬼噬在身體裡作用，那跟自殺有什麼分別？」

「鬼噬釘本來就是他想出來的花招……」陳順源望著那小丘上與邵君僵持不下的安迪身影，喃喃地說：「進而研究出壓制鬼噬的辦法，也不是不可能。」

「什麼？」夜路等人不敢置信地驚呼。

眾人只見安迪微微昂頭，朝妖車望來。

雖然距離甚遠，但夜路等人似乎看見了安迪嘴角微微揚起的微笑，不約而同又是一驚。

只見邵君那變形腦袋，在安迪露出微笑的同時，斷裂滾落，在那數公尺高的小丘上彈跳幾下，被幾隻怪手搶著，扯得稀爛，分別送往最近的鬼臉口中。

# 08 握手

「喲……小子你……跑好快……呀！」

硯先生咧開嘴巴，嘿嘿笑著，在空中閃電般轉向，直衝伊恩。

「大前輩，是你在說話？」伊恩聽見硯先生的聲音，微微吃驚，動作稍稍遲緩，讓眼前的宋醫生千鈞一髮之際自斬向他腦袋的虎咬刀底下溜開。

死裡逃生的宋醫生奮力在萬古大樓壁面拍出一隻隻大手，有些手伸去擋伊恩、有些手托著自己往遠處扔，全力躲避伊恩的追殺和硯先生的混亂轟炸。

數十隻巨大火焰鳳凰鋪天蓋地轟至伊恩身後，激烈爆炸，巨大的火焰瞬間竄滿上下數層樓。

「逮到……你！」硯先生拖著那青傘，揮動巨大黑狐臂，往上躍起數層樓高，陡然變向往前一竄，一把抓住自火海裡竄出的人影。

那人影噗地散開，化成無數雀鳥，又是個假身。

大火四周同時又衝出數個大影，硯先生左顧右盼，卻不知哪個才是伊恩，他抬頭，只見伊恩已經繞到更高處。

伊恩儘管靠著此時這些飽滿漂亮的人身果，化出不下巔峰時期的人身，但他與硯先生的力量差距過大，倘若純粹比拚爆發衝刺速度，可難躲過硯先生追擊，但他憑著各種幻影奇術，不時變化各種假身和指東打西的誘敵戰術，屢屢躲過硯先生追殺。

「前輩，你會說話？」伊恩朝著硯先生喊：「他們將你裝進傘裡的時間太短，你並沒完全受傘控制，還保有過去記憶，對吧？」

「記憶？傘？」硯先生歪著碩大狐狸腦袋，聽伊恩那麼說，轉身瞥見拖在屁股後頭那把青傘，只見傘面有些破爛，上頭還攀著一個古怪小身，陡然像是想起什麼，一把捏起那青傘，提到鼻端嗅了嗅。「臭……啊！我想起啦！」硯先生彷彿被壞腦袋身軀那氣味敲醒幾分，瞪大眼睛望著伊恩。「你……混蛋小子……跟……混蛋老頭……每日每夜……派混蛋小鬼……咬我！」

硯先生這麼說的同時，再次鼓動黑風，朝著伊恩撲去。

「你認錯人了，前輩，我不是混蛋小子。」伊恩低頭望望一身安迪鮮血的自己，莫可奈何，只得施展符術，飛梭躲避硯先生瘋狂追擊，不時盯著越逃越高的宋醫生。

「啊！」伊恩飛竄一陣，瞥見腰際還纏著兩顆人身果，靈機一動，裝出古怪口音，朝著宋醫生大喊：「小宋，硯先生說你每日派出混蛋小鬼咬他，那些混蛋小鬼呢？」

「什麼混蛋小鬼？」宋醫生遠遠聽伊恩用古怪口吻喊他，只覺得奇怪，卻也無心細想，只想盡快往上逃離萬古大樓。

「這次真逮到你啦！」硯先生吼叫著，張揚大爪，猛地往上一蹦，一把牢牢抓住伊恩腰腿。

「小宋，硯先生抓著我啦，你快上去通知大傘魔王寶年，派出那些小鬼來咬他，小宋——」伊恩左手扔下七魂斷刃，指著上方竄遠的宋醫生。

「王……寶年……大傘？」硯先生一口咬下伊恩高舉的左臂，雙爪掐進了伊恩腰腹胸膛，歪著頭望向上方逃遠的宋醫生，立刻飛也似地追了上去。「是呀！那混蛋老傢伙……頭上有把……大傘！」

宋醫生本已逃遠，逐漸逼近一樓地面，感到底下一陣狂猛凶氣朝他逼來，嚇得魂飛魄散，低頭望去，只見硯先生抓著被掐得不成人形的伊恩身軀，朝他極速竄來，連忙大喊：「大狐魔，你上當了，你手上抓著是伊恩的假身，他真身在底下！是一隻手——」

「什麼手？」硯先生低頭，只見伊恩胸腹被他捏得稀爛，腦袋歪斜，舌頭都垂了出來，伊恩的左手被硯先生咬去，右手只剩上臂——

伊恩斷手則早一步脫離果身，此時被雪姑蛛絲連同七魂斷刃、虎咬刀吊在樓板破口邊緣，捏碎另一顆人身果，化出新的人身。

一副沒有沾上安迪鮮血的人身。

「你說什麼，硯先生跟我又沒過節，每日每夜放混蛋小鬼進傘裡折騰他的，是你、王寶年，還有安迪。」伊恩新身結成，攀上樓板站起，舉著虎咬刀指向宋醫生——他右臂上纏滿明燈黃符，阻隔斷手上殘餘的安迪血氣。

「大前輩，那是安迪的同夥宋醫生，那些混蛋小鬼應該就是他養的，我是來幫你的。」伊恩高聲說。

「安迪……安迪……」硯先生歪斜腦袋，嗅著手中染滿安迪鮮血的伊恩果身，果身開始腐爛，漫出陣陣黃煙。「是呀，混蛋小子，就叫……安迪！」硯先生望定了不遠處的宋醫生，說：「你是……安迪同夥……」

「不！我不是——」宋醫生驚恐大叫，飛快向上逃竄。「我不是他的同夥！」

「你不是安迪同夥，何必心虛逃這麼快？下來解釋清楚呀？」伊恩踩著明燈黃符，閃電般往上飛竄，舉著虎咬刀指向宋醫生。「安迪誘騙狐魔千雪、追殺小狐魔硯天希、將大狐魔硯先生裝進傘裡，你們黑摩組跟前輩一家都有過節！而你是黑摩組的智囊，是安迪手下最得力的幫手！還不承認？」

「我不是！我不是！」宋醫生驚恐逃竄。「我不是宋醫生——」

「騷狐狸……千雪……天希……硯天希……是……」硯先生搖頭晃腦，像是亟欲想起一些事情，他提起青傘，望著傘面上的無頭小身，又嗅了嗅那身子氣味。「好臭……這東西……是什麼？怎麼沒有頭？」

「你不是宋醫生，那你是誰？」伊恩竄過硯先生身旁，閃電追向宋醫生。

「我……我……」宋醫生終於躍上萬古大樓一樓地板，想往外飛逃，但低頭只見伊恩虎咬刀刺來，左閃右避，被伊恩幾刀逼離正門，只好繼續往樓上竄逃。「我不是安迪的人，我……我是小狐魔硯天希的朋友……我是她朋友……」

「去你媽的！誰跟你朋友——」

一聲尖銳咆哮自上空劈下。

宋醫生驚駭仰頭，只見硯天希挺著破山大拳，如同隕石般墜落在他臉上。

磅——宋醫生腦袋挨了一記重拳，暈頭轉向地與硯天希糾纏起來。

「你要不要臉！」硯天希與夏又離肩貼著肩，左腿黏著右腿，彷如二人三腳般，揮著四隻破山拳頭，轟隆隆地往宋醫生身上暴擊亂砸。

「喝！」宋醫生奮力迎戰硯天希與夏又離這陣猛擊，逮著夏又離揮拳破綻，併攏五指往夏又離腰肋刺去——

但他那猶如利刃的手刀眼見就要刺中夏又離，下一刻卻倏地脫離了他的胳臂，甩開漫天鮮血彈飛老遠，只剩一截前臂撞上夏又離身子——宋醫生驚駭之中，只見伊恩不知何時已竄到他身邊，斬去他前臂的虎咬刀金光尚未消褪，伊恩反握著七魂的左手一揚，切月紅光又起，在宋醫生另一臂上旋繞一圈，將他另一隻手也卸了下來。

宋醫生魂飛魄散。

伊恩沒有追擊。

硯天希也趕緊退開。

然而宋醫生還沒來得及喘息，就讓自後追上的硯先生一把捏住了後頸。

「你們是朋友？」硯先生一手揪著宋醫生，另一手揪住了來不及逃遠的硯天希和夏又離，將他們一齊提到面前，抽動著狐狸鼻子分別嗅了嗅眾人身上氣味。

「你這瘋癲老狐狸，誰是他朋友啊！」硯天希見硯先生將宋醫生提近，抬腳想踢宋醫生幾腳，卻掙不脫硯先生的大爪，怒叱：「快放手，你這老混蛋！」

「妳也是……狐狸呀？」硯先生盯著硯天希頭上那對狐狸耳朵，瞥了瞥她身後的狐狸尾巴，又嗅了嗅和她黏在一起的夏又離。「這不是狐狸。」

「我……我是天希的朋友……」夏又離只好這麼說，他被眼前巨狐模樣的硯先生全身散出的魔氣震得暈頭轉向，只覺得硯先生口中利齒，彷彿能夠咬開大地。

「他是我男人！」硯天希知道硯先生此時心智瘋癲，隨口就能咬死人，連忙用腦袋蹭了蹭夏又離的臉，像是宣示領土般，大聲說：「老混蛋，你敢咬我男人，我會扒了你的狐狸皮！」

「妳……有兩個男人？」硯先生又望了另一手上的宋醫生。

「哇！他才不是！」硯天希聽硯先生這麼說，怒火衝湧，畫出一群大火鷹往宋醫生擲去。

轟隆隆的大火在硯先生爪子上炸開，燒得宋醫生叫苦連天，但硯先生似乎不覺得痛，反倒有些驚奇。「小狐狸……妳怎麼也會我這墨、墨……」

「是墨繪術！」硯天希瞪大眼睛，朝硯先生臉上扔了隻鎮魄大藏獒。「你教給了千雪媽媽，她再教給我的！」

「啊呀，是那騷狐狸……」硯先生挑起眼睛盯著頭頂上那咬他腦袋的大藏獒，化成大狐的他有數公尺高，那藏獒攀在他頭上，像是野貓抱著老虎一般。

硯先生茫然望著硯天希，喃喃地說：「她怎能將我的墨繪術隨便教給其他賊狐狸……」

「哇，老混蛋，你說我賊狐狸？」硯天希怒罵：「你拐了我那苦命的凡人媽媽，弄大了她肚子又不想負責，把我扔給千雪媽媽就拍拍屁股跑去遊山玩水找新狐狸啦！千雪媽媽照顧我百年、教我墨繪讓我護身吶！你這老混蛋瘋到什麼事都記不得啦？」

「哦？唔？」硯先生聽硯天希這番話，微微發起愣來，像是在思索著什麼似的。

「大頭目——」孫大海的聲音自上響起。「我孫女呢？」

伊恩抬頭，只見上方樓板破口垂下一條條樹枝。

穆婆婆乘著樹龍載著孫大海落下，孫大海身後還站著那高壯鹿魔羌子，郭曉春持著羌子傘，坐在羌子那半人身粗壯胳臂上，安娜和阿毛則坐在羌子背上。

與穆婆婆樹龍和羌子一同垂下的，還有一條條王寶年黑色鎖鏈。

「鏈子……」硯先生見了那些黑色鐵鏈，像是見著仇人一般，眼睛透出奇異光芒，瞥了瞥鎖著他雙爪、連接至身後青傘裡的黑鏈。「老傢伙……」

「你別激動啊，老狐狸！」硯天希感到硯先生看到那些鐵鏈後眼神有異，連忙安撫他。

「來的這些人是我朋友……」

「伊恩老大！」安娜高喊伊恩，伸手指向硯先生身後青傘，又指了指郭曉春。

硯天希和伊恩同時見到安娜的動作，然後他們互相望了一眼——

都明白安娜的意思。

伊恩立時行動，他高高竄起，躍上硯先生抓著宋醫生的右爪上，還順手托著一團咒術，按在宋醫生臉上。

「哇，咕嚕嚕——」宋醫生感到一陣激烈而混亂的異術，像是同時融合了電火風冰毒鬼的濃縮咒術，從他眼耳口鼻鑽入他體內，在他整個腦袋和五臟六腑裡流竄起來。

「大前輩，跟我握個手吧。」伊恩蹲踩在硯先生右腕上，抬起左手旋出異風，凝成一隻碩大左手，舉向硯先生，要和他握手。

「你想幹啥？」硯先生本能地鬆開硯天希，伸手轉去抓伊恩。

噗地一團火花和五彩雀鳥，再次自伊恩果身裡炸開，炸起一場小型煙火秀。

伊恩斷手則趁著煙火爆炸時，再次拖著摩魔火、虎咬刀和七魂斷刃飛騰上空，且捏碎摩魔火抱在懷中的人身果。

另一邊，硯天希趁著硯先生鬆手之際，拖著夏又離竄遠，轉身甩來黑藤，捲著硯先生身後青傘，倏地甩向穆婆婆等人。

被安娜甩來的長髮捲個正著。

拉到郭曉春面前，讓她牢牢握著。

硯先生在那煙火光團中虛抓幾下，什麼也沒抓著，煙消光滅之後，見雙手上只剩下被他捏爛揉碎了的宋醫生——

然後，他像是觸電般一顫，感到四肢黑鏈開始緊縮，左顧右盼，望向郭曉春，雙眼戾光炸射，魔氣凶猛衝發。

「噫！」郭曉春握著青傘的手像是承受了巨大怪力般微微彎折，痛得滲出滿臉大汗，只得放開羌子傘，以雙手全力握傘，身子微微騰空浮起。

「哇！」穆婆婆和孫大海被硯先生散出的這陣魔氣震得騰空飛起，被古井樹龍分出樹枝捲著；安娜也甩出長髮捲上樹龍，一把抱住被嚇得變回狗身亂吠的阿毛。

那百年鹿魔羌子本來像是不願示弱般地揚起一身紅毛、鼻孔呼呼噴氣，還將一雙人臂鼓得粗實雄壯，但郭曉春放了手，羌子便倏地鑽回了傘裡，竄回郭曉春身邊，靜靜待命。

「大前輩，你別生氣！」郭曉春身子被樹龍樹枝和安娜長髮拉著，奮力緊握青傘，雙手耀起五色流光，一股一股往青傘中流。「我們郭家傘術和王家傘術不同，我不是要來折磨你的……」

硯先生那竄發不已的凶氣陡然停止，身體逐漸變小，褪去了黑毛、收起了狐身，變回了矮小老頭，直勾勾地望著郭曉春，又望了望手腳上四條黑色鎖鏈。突然倏地高高躍起，踏上萬古大樓一樓，搖搖晃晃往郭曉春走去。「小ㄚ頭……妳……跟我說話？」

「老混蛋，我警告你別亂來啊！」硯天希與伊恩也躍上一樓，繞到郭曉春身後左右，擺開架勢，以防硯先生突然對郭曉春出手。

「是，前輩，我……」郭曉春點點頭，儘管此時硯先生並未激烈掙扎，但光是拿著這青傘，就讓郭曉春極度吃力，像是扛著碩大重物一般；她雙手劇烈顫抖，口唇發白，膝蓋一軟就要倒下，被伊恩和硯天希一左一右托住胳臂。

郭曉春微微透了口氣，只覺得有股力量從後頸灌入她雙臂——

是伊恩令雪姑將郭曉春先前在亂戰中被扯斷的蛛絲黏合，同時在自己果身上也扎入蛛絲，以引流法術將果身裡的魄質導入郭曉春體內。

「我想……替您解開手腳上的鏈子……」郭曉春喘了口氣，大聲說：「大前輩，您也不喜歡被鏈子銬著，對吧……」

「鏈子？哼……是誰這麼大膽用鏈子鎖我？」硯先生望了望手腳上的黑鏈，甩了幾下卻甩不脫，他瞪了郭曉春一眼，說：「這破鏈子還用妳幫忙，我自己來就行了……」他被郭曉春握住青傘、化回人身後，腦袋稍微清楚了幾分，講話流利了點。

硯先生這麼說的同時，揪著鏈子施力扯了扯，卻扯不斷，不禁有些焦惱。「咦？這鏈子好結實呀……怎麼弄不斷？咦？啊！」

即便硯先生並未刻意對她發怒，但光是焦躁地扯鏈子，就讓郭曉春隱隱吃不消，她感到一陣陣怪力從傘柄傳入她手中，幾乎要折斷她雙臂；但同時，湧入她身體裡的魄質猛地也增加數倍——身旁伊恩果身隱隱透出老態，彷彿要將人身果的力量全數輸給郭曉春般。

「大頭目，快將我身上的蜘蛛絲也接給她呀！」硯天希見伊恩身子開始萎縮，連忙湊去讓伊恩替她與郭曉春之間也連上蛛絲。

「大頭目，何孟超派直升機吊了幾十箱魄質在頂樓，這大樹老哥吸飽了魄質，你看看能不能用！」孫大海與穆婆婆招呼樹龍一同落在郭曉春身後，孫大海拖著樹枝奔到伊恩身旁，托住伊恩那逐漸老朽的果身，說：「那蛛絲能不能接在樹枝上？」

「能……」伊恩身子一軟，果肉化散成爛泥，斷手倏地在空中繞了個圈，令雪姑在孫大海手上那古井樹枝扎上蛛絲，連上郭曉春後頸，施展引流法術，將大樹裡的魄質也注入郭曉春身體裡。

「唔！」郭曉春感到源源不絕的魄質灌進了身子，臉色紅潤許多，長長吸了口氣，全力緊握青傘。

「啊？怎麼回事？」一旁的硯天希和夏又離有些訝然，只覺得體內魄質不減反增——這是因爲樓頂古井大樹有著協會石箱魄質加持，一路流入郭曉春身子裡，也連帶地溢進硯天希體內。

「咦？這鏈子到底怎麼造的，爲什麼扯不斷呀？」硯先生愈漸焦躁，只覺得手腳上那黑鏈看起來不怎麼起眼，卻怎麼也揪不斷；他越是出力，傳至郭曉春雙手上的力量也越強悍——倘若沒有古井大樹傳來的魄質護身，郭曉春的雙手早已折成數截了。

「大前輩，你別心急，讓曉春替你解開鏈子呀！」「老混蛋，你安分點行不行！」孫大海和硯天希一言一語地試圖安撫硯先生。

「爲什麼這破鏈子這麼難纏呀？」硯先生像是逐漸不耐，臉面開始變形，彷彿又要露出巨狐模樣。

「讓我來吧——」王寶年的聲音自數條黑鏈透出，幾條黑鏈悄然無息地繞上郭曉春雙手，捲著了傘柄。

「不、不！」郭曉春有些驚恐。「你……你會激怒他！」

「激怒了也沒辦法呀，操傘歸操傘、鏈子歸鏈子。」王寶年說：「那鏈子是我造的，只有我解得開。」

「傘……老傢伙……」硯先生歪著腦袋，仰頭望著上空，神智又混亂起來。「鏈子……是你鎖在我手上的……」

「是我鎖的沒錯。」黑鏈蛇似地伸出，與青傘內側垂下的數條黑鏈纏結在一塊。「我現在要來放你啦，哎喲，真是可惜了……要是能煉上十年、八年，這把傘可不得了。沒辦法，形勢比人強……喲，你力氣還這麼大……剛剛安迪到底怎麼拿著你的？」王寶年一面替硯先生解鏈子，一面埋怨不休。

「別擔心。」安娜見伊恩和硯天希對那些黑鏈似有忌憚，連忙解釋：「王寶年跟何孟超談妥條件了，答應幫我們制伏硯先生。」

「上頭還有誰？」伊恩斷手緊握著七魂斷刃，令七魂諸將守在郭曉春周圍，像是擔心王寶年別有用心。

「大頭目，你放心。」安娜這麼說：「何孟超守著血池，箝制著王寶年的力量來源；阿滿師帶著郭家傘將王寶年團團包圍，王老先生老歸老，精明得很，他知道現在除了跟我們合作之外，沒有更好的選擇了。」

「哼……」王寶年黑鏈騰起一股股黑氣，黑氣循著數條黑鏈，流入硯先生四肢，突然急躁地說：「老狐狸你別亂動呀，你到底要不要我替你解開鏈子？」

「大傘……你躲在哪？你又要放那些混蛋小鬼來折騰我啦！」硯先生感到傳上他身子的黑氣，還記得先前王寶年和安迪煉傘時的種種折磨，陡然發怒起來。「怎不出來見我？」

「喝！我要替你解鏈子，不是要折磨你……」王寶年的聲音突然拔高。「姓何的，那老狐狸不聽話呀，你放給我的那丁點力量壓不住他呀！」

「唔！」郭曉春則痛苦地弓起身子，死撐著讓自己不倒地，握傘雙手逐漸扭折。

硯先生一步一步走向郭曉春，雙腳上的鏈子飛快抖動起來。

「乾脆收傘算了，再煉久一點，他不乖都不行！」王寶年這麼喊，郭曉春手上青傘撲撲地抖動起來，像是想要強行將硯先生拉回傘裡。

「不！」郭曉春陡然抬頭，奮力與王寶年爭搶控制權。「你王家傘術只會將傘魔越煉越凶，我答應要替前輩解開鏈子，要是出爾反爾，那他更要發怒啦！」

「小丫頭，妳被那姓郭的笨蛋教得好糟！」王寶年憤怒大罵：「妳要是從小讓我來教，現在說不定一個人拿著這傘稱霸天下啦！」

「我才不要稱霸天下！」郭曉春聽王寶年罵她阿公，也忍不住動怒回嘴。「我才不想生在你家，我才不想當你孫女，你連自己造出的鏈子也解不開，還好意思要教我東西！」

「誰說我解不開！」王寶年氣憤怒吼：「是那何孟超扣著那池血，我沒力氣怎麼解鏈子？」

啪啦一聲，硯先生左腳黑鏈終於鬆脫。

「老混蛋，你給我退後，聽到沒有？」硯天希擋在郭曉春前。

伊恩斷手飛旋在硯天希頭頂，七魂諸將在硯天希和夏又離左右一字排開——伊恩在斷手上也扎上蛛絲，吸取那古井大樹引下的魄質，勉強壓制七魂，但無蹤、霸軍等此時仍有些浮躁，不時與克拉克、明燈推擠叫囂起來。

又一聲喀啦，硯先生右腳上的黑鏈也喀啦綳斷。

「再多點、再多點呀……」王寶年氣喘吁吁地繼續抱怨：「底下的蠢傢伙們，你們沒半個人帶著手機？打通電話給何孟超行不行，跟他討價還價比煉傘還累……」

「你們……擋在我面前做啥？」硯先生嘴巴微微發顫，搖頭晃腦像是想找出那王寶年是不是藏在眾人後頭，他不時揪著雙手上的黑鏈，卻扯不斷，漸漸又浮躁起來，身子散出一陣凶暴魔氣。

「想幹嘛？」硯天希驚恐地猛出一拳，擊在硯先生臉上。

「小狐狸，妳——」硯先生瞪大眼睛，揚起手想要賞硯天希一個巴掌，卻只聽一旁的夏又離驚喊著，挺身擋在硯天希身前。

「岳、岳父大前輩！」夏又離也舉起兩隻破山大手，像是想要硬扛硯先生這巴掌。「天希是你女兒呀——」

「女兒？」硯先生瞪大眼睛，呆了呆，然後閃電般探手揪住夏又離的領子，將他拉近臉前，歪著頭瞧他臉。「女……婿？」

「是、是呀……」夏又離讓硯先生迎面吹拂而來的魔氣震懾得全身發麻，彷如身陷惡夢般。「我……我是您準女婿……站在您面前的狐狸，是您的獨生女兒硯天希呀……」

「喂！」硯天希連忙抓住硯先生胳臂，擠在夏又離與硯先生之間，說：「老混蛋，如果你想找人打架，我可以陪你打！別隨便欺負無辜的人……你不怕家醜外揚嗎？你這樣讓我很丟臉呀混蛋！」

喀啦一聲！硯先生左手黑鏈也斷了。

「我不管你們啦……」王寶年的聲音響起。「我只幫你們解開鏈子，要是解開鏈子，你們鎮不住他，那可不干我的事啦……」

「打……架？妳……想陪我打架呀？」硯先生眼睛亮了亮，全身溢出一陣陣魔氣，吹得眾人頭皮發麻。

「小狐狸，妳這麼說沒用的。那臭狐狸最喜歡幹的事情，就是欺負無辜的人啦。」一個奇異的說話聲從底下響起。

「是誰呀？」硯先生咦了一聲，像是聽見了熟悉的聲音，跟著見到郭曉春手中青傘上那髒臭的無頭小身，直挺挺地站了起來。

「好久不見啦，臭狐狸。」那無頭身體僵硬地舉舉手、抬抬腳，像是久未活動般地舒展四肢。

「是你呀……」硯先生呆了呆，像是想起了壞腦袋。「你的腦袋呢？」

「在你背後呀。」無頭小身揚手一指。

硯先生回頭。

一樓樓板破口裡，轟隆隆升起一連串奇形大物。

是一隻碩大石蓮大鷹，揪著無數神草莖藤奮力往上撲飛。

底下射上一條條樹枝、莖藤，四面攀捲斷壁、鋼筋，拉出一輛攀滿人的古怪鑽地車，和底下塞滿人的破爛妖車。

「青蘋——」孫大海遠遠見到窩在破爛妖車駕駛座裡的青蘋，驚喜大叫地往妖車奔去。

「外公……」青蘋倚窩在妖車駕駛座裡，費力地想要撐起身子。

夜路、盧奕翰等人七手八腳捧著那壞腦袋那乾癟腦袋高高舉起。

此時壞腦袋雙眼上縫線已讓眾人拆下，瞪著兩隻圓滾滾的大眼睛，遠遠望著硯先生，嘻嘻笑著說：「好久不見啦，臭狐狸。」

「你……」硯先生哇地大吃一驚。「是你呀壞腦袋！」

「是呀，是我！」壞腦袋噗哧一笑。

青傘上那無頭身子突然飛撲上硯先生後背，雙手勒住了他頸子。

「唔——」硯先生本來焦躁憤怒的情緒被瞬間抹去般，露出茫然空白的神情；他兩隻眼睛，像是壞掉的時鐘指針亂轉起來，一身逼人魔氣也瞬間止息。

「哪個好心人幫我個忙，把我腦袋提近身體呀！」壞腦袋嚷嚷起來。

「快點、快點！」夜路、盧奕翰和小蟲立時七手八腳地捧著壞腦袋奔向硯先生。

「對對對，左邊、左邊，稍微右邊一點點。」壞腦袋瞇著眼睛，指揮著眾人將他腦袋對準那小小髒臭的無頭身體，只見他頸子與腦袋兩處斷面發出青色光芒，竄出一條條細莖互相糾纏接合。「啊呀，對啦！」

「啊呀！我找回身體啦！我擺脫那些惡人啦！我終於自由啦——」壞腦袋忍不住興奮之情，高聲大笑起來，他腦袋接回身子後，乾癟的皮膚稍稍回復了些許生氣，他此時看起來，就像是沿途與眾人惡戰的小壞腦袋們長大變老之後的樣子。

壞腦袋攀在硯先生背後，雙手仍掐著硯先生脖子，還不時騰出手捏他臉、搧他巴掌，唾罵不停。「混蛋、臭狐狸，喜歡欺負我是吧，現在落在我手裡啦，看我怎麼整你，我要大便在你嘴裡，哈哈哈！」

「怎麼回事？這小怪頭制伏了硯先生？」「這就是壞腦袋？」穆婆婆等人見壞腦袋一登場，便制伏了天下無敵的硯先生，驚訝之餘，也十分佩服。

「那是艾莫的本事。」王寶年的聲音冷冰冰地自黑鏈透出。「艾莫結合了黑夢和幾種控制心神的法術，研究出一種能夠壓制七情六慾的法術，將壞腦袋的身體掛在傘上當成那法術的發動機；我教安迪操傘，艾莫教他操縱黑夢，所以他能同時使用兩種力量操縱硯先生。」

「放屁放屁！是誰呀？誰在胡說八道？」壞腦袋揪著硯先生那稀疏頭髮，氣憤轉頭四顧。「分明是這大狐魔一見我就投降啦，別替他找藉口，他就是輸給了我！我是光明正大打贏他！」

「誰胡說八道！」王寶年的聲音繼續傳出。「那大狐魔是我收進傘裡的，艾莫那法術也是我用鏈子從大狐魔鼻子塞入他腦袋裡的。」

「我不管，就算臭狐狸腦袋裡眞有那法術，也別替他解開，我要好好整死這臭狐狸呀……」壞腦袋這麼說的同時，像個頑皮的孩子般掐著硯先生頸子，繞到硯先生正面，一會兒玩他眼皮、一會兒戳他鼻孔。

眾人見壞腦袋這般舉動，可都心驚膽戰，生怕要是硯先生醒了，一個噴嚏又要吹得大家魂飛魄散。

此時持傘的郭曉春則神情迷濛，彷如也墜入夢境——她見到眼前出現一片遼闊青草地，化回大黑巨狐的硯先生，此時茫然坐在草地上，望著右爪上那條黑鏈，不時抖抖，神情有些沮喪，像是不明白自己爲什麼掙不斷這黑鏈。

郭曉春迷迷糊糊地走向硯先生，對硯先生伸出雙手，柔聲說：「大前輩，您別氣了……讓我來幫您解開這鏈子吧。」

「……」硯先生望著郭曉春那雙嚴重扭折、崩裂滲血的纖細小手，緩緩將黑毛大爪擺上她手掌心。

遠遠望去，彷如一隻碩大黑色巨犬伸出爪子和小女孩握手一般。

# 09 大發電廠

「青蘋——」孫大海在妖車駕駛座旁，見青蘋虛弱地窩在裡頭，想伸手拉她，卻被後頭追來的夜路和盧奕翰連忙架住。「不行呀，外公！」「青蘋現在不能隨便亂動，她五臟六腑都受傷了，血肉裡還留著許多鬼樹碎渣……」

「什麼！怎麼會這樣？」孫大海又驚又急地怪叫，正想追問，卻感到腳下地板轟隆隆震動起來。

「上來！」夜路和盧奕翰一左一右將孫大海推入妖車裡，朝著外頭嚷嚷大叫：「大家快往樓上撤，安迪殺上來啦——」巨貘鑽地車上畫之光成員也嚷嚷大叫：「安迪用鬼噬釘捅自己，把自己跟鬼噬同化！」「巨腦還活著！」「安迪能夠壓制鬼噬，他讓鬼噬吃下整顆巨腦！」

安娜、穆婆婆等一時可聽不明白，但都感到有股前所未見的恐怖力量正緩慢從地底往上推升，四周發出彷如地震般的劇烈震動。

妖車與巨貘鑽地車持續往上飛升，穆婆婆則指揮樹龍捲著車外眾人往上撤退，伊恩斷手接過了盧奕翰遠遠拋來的幾顆新人身果，再次化開人身，蹲伏在樹龍分枝上凝神備戰。

妖車那頭竄來了幾條黃金葛，大葉捲成喇叭狀，夜路、陳順源等人透過那黃金葛話筒，向伊恩與樹龍上頭眾人，說明剛剛地底所見情形。

「果然如此……」伊恩望著底下樓板擠裂，湧出團團腦狀物。「鬼噬的食量沒有極限，吃多少長多少；巨腦有多大，鬼噬就能長多大……」

「什麼！」安娜等人則對安迪這最後手段驚駭莫名。「他用鬼噬釘……刺自己？」

轟隆幾聲巨響，底下不停推高的腦壁，突然竄出數根古怪巨柱。這些巨柱噁心難看，彷彿腐爛鼓脹的香腸，頂端還化出數條指狀分支，猶如腫脹怪手，攀抓著樓層斷壁，竟像是想要拖著底下鬼噬巨腦爬上來一般。

「這些惡人吶！」壞腦袋望著底下那腦壁與四周肉瘤腫手也不禁愕然。「盜我的力量就為了造出這種噁心東西？」

下方地板中央，一根更為粗壯的巨柱轟隆破地衝出，巨柱頂端站著一個人，正是安迪。

安迪的雙腿變得畸形古怪，大腿插出一條條奇異細手、小腿則粗壯得如同兩座小塔，與底下巨柱融合為一。

「他……」眾人見到底下的安迪仰頭往上望，神情中依稀透著過去那從容笑容，不禁駭然：「他……他還保有自己的意識？他真的能夠控制這群鬼噬？」

「雖然我厭惡這傢伙，但我不得不承認……」伊恩頭髮飄揚，手背獨目藍光閃耀，望著底下安迪，喃喃地說：「他是我這輩子碰過最難纏的對手。」

安迪仰著頭，張開雙臂，雙掌心上飛濺起漫天鮮紅血漿，一股股紅血在空中飛繞濺開，自動繞開一圈圈十數公尺寬闊、堆疊在一塊兒的巨大血畫咒印——咒印中湧出了生滿人頭怪手的血畫咒獸。

眾人紛紛驚呼起來，只見到無以計數的血畫咒獸如同顛倒暴雨般，往上直衝撲來。

伊恩頭下腳上，直直墜向那迎面撲來的血畫咒獸群。

他舉著虎咬刀豎直向下，刀尖金光散射，將攔路血畫咒獸全數刺爆；同時，伊恩左手反握著的七魂，繞開圈圈紅光，將竄過伊恩身邊的血畫咒獸也一併斬裂大半。

下一刻，虎咬刀倏地刺向聳立在巨柱上的安迪腦門。

安迪一動也不動地昂著頭，任伊恩將虎咬刀從他臉刺入，直沒他身子裡。

這安迪只是巨大鬼噬腦壁化出的假身。

安迪腳下肉瘤小丘陡然竄出一根根怪柱，四面飛快夾合，想要一把捏住這踩進陷阱中央的伊恩。

伊恩卻沒後退，而是按著虎咬刀往下猛一突，令虎咬刀身炸開一陣巨大金光，將安迪假身腳下巨丘連同四面竄上來的怪柱一併轟裂。

「我已與整個巨腦、鬼噬同化，你如果想打倒我，可能得多揮幾刀。」安迪的聲音從地底發出。

「我很樂意對著你揮幾百萬刀。」伊恩這麼說，飛快揮斬十幾刀，將腳下斬出一個巨坑。

巨坑中央啪啦裂開一條縫，吹出一股劇烈魔風，伊恩被那魔風拂過身子，手背獨目藍光陡然忽明忽滅，像是受到莫名襲擊般向上飛彈，轟隆撞上妖車底部，揪著神草莖藤不住喘氣。

此時兩車及樹龍上眾人四面放咒，抵擋飛繞在四周的血畫咒獸。

只見底下巨坑裂縫竄出幾隻巨手，跟著探出一個古怪巨人頭。

這腦袋正面與兩側同時長著三張臉——邵君、鴉片、宋醫生。

三張鬼臉同時張大嘴巴悽厲哭吼。

那陣悽厲哭聲彷如巨浪往上襲來，眾人紛紛痛苦慘叫，眼前浮現起各式各樣的陌生畫面，且大都是些悲傷、痛苦、不堪回首的回憶。「怎麼回事？」「頭好痛啊！」「這是哪裡？」「你是誰呀？」

「混蛋……」壞腦袋揪著硯先生腦袋，兩隻眼睛閃閃發光，陡然一聲大吼：「給我停下——」

一陣如煙如霧的屏障，以壞腦袋為中心向四面張開，將那懾人心神的鬼吼長哭擋在屏障外頭，這才令眾人恢復心神。

「醜東西，哭個屁！」壞腦袋往下一指，咧嘴大罵：「給我退下！」

那三面巨人彷彿挨了一記無形重擊，身子登時矮下數公尺，轟折成古怪角度；同時，腦壁上千百張鬼臉也同時閉起嘴巴，不哭不叫，四周一片寂靜。

眾人喘著氣，尚未甩脫剛剛突然鑽入大腦裡的惡夢。

「年輕種草人呀，還有沒有人身果……」摩魔火攀入妖車駕駛座，急急向青蘋討更多人身果，只見青蘋懷中早已堆著十餘顆人身果，像是特地爲伊恩準備的。

摩魔火驚喜地吐絲捲起果子，嚷嚷地說：「妳也是個天才，這趟行程下來進步飛快，竟能源源不絕生出果子！很抱歉之前我小看了妳……」

「是這罈子營養……」青蘋苦笑地反手拍了拍駕駛座旁的魄質大罈，她靠著這華西夜市魄質大罈餵養神草拉車、長果子，同時還供應盧奕翰大量蟲果，再轉化成魄質讓她續命。

「啊呀！這不是我師弟揹過的那夜市罈子嗎？有這東西怎不早說，我要老大直接從罈子接條絲在妳身上！」摩魔火捧著大量人身果回到妖車下方，只見伊恩攬著神草莖藤，吊在妖車下方，左手握著七魂斷刃，抵在嘴上，閉著眼睛像是在對七魂講著悄悄話。

摩魔火將一顆顆人身果繫上伊恩腰際，突然感到車身轟隆震動起來，上升速度陡然減緩，同時，又見一旁樹龍好像被斬斷般，整株往下墜落。

伊恩眼睛睜開，揚手撒出一片符海，接住墜下眾人。

「怎麼回事？」「樹斷了！」硯天希等人仰起頭來，只見上方數層樓上的樓板破口外，竟也湧下古怪腦壁組織。

眾人本來見不停往上湧長的腦壁和古怪巨人，在壞腦袋怒叱下平靜止息，以爲壞腦袋有本事剋制巨腦，卻沒料到鬼噬巨腦竟自萬古大樓外圍相連的黑夢巨城四面包裹堆上，繞到眾人頭頂上方，截斷古井樹龍，阻住了去路。

而底下那三面巨人則再次挺直了身子，舉起數條彎折胳臂往上探扒；就連四周壁面也紛紛崩裂，擠入一團團長著手腳、鬼臉的鬼噬腦壁。

「哇！怎麼辦呀，上下四方都被巨腦裹起來了！」「進退無路了！」眾人一時不知所措，只見四面八方的腦壁越逼越近，一路擠壓至那壞腦袋球狀屏障外才緩緩停止。

「啊！那些東西停下來了……」「他們進不來？」「壞腦袋的結界擋下那噁心東西！」眾人見鬼噬巨腦被擋在壞腦袋屏障外側，就連底下那三面巨人都只能像是個窺視魚缸的孩子般，將臉貼在屏障外擠眉弄眼，而鬆了口氣之際，卻見那三面巨人，以及所有抵在壞腦袋屏障外的一張張腦壁鬼臉，都露出一模一樣的表情——

像是在緩緩地吸氣。

然後同時張口吼叫。

吼——

壞腦袋那球狀屏障被這鬼噬巨腦齊聲一吼，像是從棒球被壓縮成高爾夫球般，轉眼被吼小一大圈。

鑽地車上眾人紛紛矮下身子，只見球形屏障緩緩地被擠壓縮小；一團團腦壁趁著屏障壓小之際飛快增長，逐漸又貼近屏障，且紛紛再次吸氣。

再次吼叫。

「哇啊啊……」擠在妖車邊緣的壞腦袋像是受到了巨大壓力般，幾乎要從硯先生肩頭上摔下。他短小的雙手一手揪著硯先生耳朵，一手向上舉著，逐漸擋不住四面八方擠壓而來的巨腦力量。

同時，擠在妖車中的郭曉春也出現異樣，她的雙手再次開始顫抖、微微彎折；安娜高聲尖叫起來：「糟糕！巨腦截斷大樹，曉春沒了魄質支撐，壓不住大狐魔啦——」

眾人聽安娜這麼喊，都嚇得魂飛魄散，此時眾人擠成一團，要是硯先生睜開眼睛發飆，所有人轉眼就要變成肉泥。

然而郭曉春的面容卻逐漸平靜。

壞腦袋的神情也輕鬆許多。

伊恩站在壞腦袋的面前，望著妖車眾人和上方鑽地車上晝之光成員。

「咦？呀？」壞腦袋盯著伊恩，嚷嚷地問，還伸手摸了摸腦袋。「哪來的力量？你在我身上刺了什麼？」

原來伊恩動身替青蘋接續蛛絲時，見郭曉春這頭有了麻煩，便也順手自青蘋頭上分出兩條蛛絲，接上壞腦袋與郭曉春身子，讓壞腦袋與郭曉春也能同享大罈魄質，壞腦袋有了力氣壓制硯先生，郭曉春便更加輕鬆。

「省點用，那口罈子裡的魄質所剩不多了……」伊恩吸了口氣，望著眾人，緩緩地說：

「其實我還有一個打敗安迪的辦法，但我需要點時間，因此你們現在要做的，就是在我離開時保護好自己，等我消息——當然，我更期待你們能夠想出一個——沒有伊恩也能活著離開的辦法。」

伊恩這麼說的時候，外頭那三面巨人，連同無數張鬼臉，再次吸足了氣，對著壞腦袋屏障凶猛鬼吼。

「喝！」壞腦袋有了華西夜市魄質灌注，精神抖擻許多，本來乾癟的腦袋恢復不少生氣，兩隻眼睛炯炯發光，大喝一聲不但將巨腦鬼吼擋下，還將那防護屏障一口氣撐開擴大數倍，轟隆隆壓扁千張鬼臉，將那三面巨人推出老遠。

「嘎——」三面巨人被擠得眼歪嘴斜，憤怒咆哮，四周無數手腳紛紛扭動掙扎，掌紋裂成血痕，濺開滾滾紅血，無數隻手彼此沾血，將壞腦袋那球形屏障當成塗鴉牆般，畫上一個個血紅符陣。

無以計數的血畫咒光陣，自屏障內側閃耀亮起，大群大群的血畫咒獸直接自屏障內側現身——壞腦袋屏障擋住了鬼噬巨腦，卻擋不住安迪的血畫咒。

「各位，希望待會能夠活著再見！」伊恩向後仰倒，同時手一揚，撒開一片明燈黃符，在兩車下方鋪開符磚，且在周圍結成十餘片符籙平台，供眾人駐足守衛。

跟著，他再次豎著虎咬刀往下直直墜去，四面掃砍，切月虎咬紅金輝映，將下方湧上的血畫咒獸斬裂大半之後，竄出壞腦袋保護屏障，衝入那三面巨人張開的大口之中。

三面巨人摀著喉嚨發出痛苦慘嚎，四面腦壁上的鬼臉同聲暴哭起來，腦壁上的手腳掙動得更加激烈，畫出的血畫咒獸也愈加凶猛。

「大家聽到伊恩老大的話啦！」畫之光盲婆婆領著菜刀伯、吳楓等還有餘力戰鬥的畫之光成員，紛紛躍上兩車周圍符籙平台，各施奇術抵擋四面八方撲來的血畫咒獸。

陳碇夫指揮群蟲，四面飛衝撲殺血畫咒獸；老金甩了甩手、捏捏肚子，再次化出虎身，也守住一邊，揮掌拍落大群血畫咒獸，還不時低頭瞧瞧肚子，擔心捏合不久的傷口崩裂開來落出腸子。

硯天希拉著夏又離守著高處符籙平台，放出大批火鷹、鎮魄犬等大批墨繪獸，分散血畫咒獸攻擊。

夏又離聽見腳下響起一陣鳥叫咆哮，低頭一看，只見鑽地車尾圍著幾隻突破眾人防守的鮮血小蝙蝠，像是想要襲擊張意和長門的屍身，被神官奮力攔下死戰，連忙放出火鳥助陣，炸落蝙蝠。

夏又離望著張意和長門的屍身，不禁有些感傷；一旁的硯天希則卻哼哼地說：「沒用的小子，這麼容易就死了，連魂都飛了。」

「魂都飛了？什麼意思？」夏又離不解地問。

「你聞不出來嗎？」硯天希挑了挑眉。「那小子身子裡空空如也，魂都沒了，死透了……咦？」她這麼說時，低頭望著長門幾眼，拉著夏又離躍上鑽地車，蹲下摸了摸長門額頭眉心。

「連她的魂也沒啦！難道在地底被黑摩組收去了？」

「妳說安迪他們偷了張意和長門的魂？現在一時也沒時間煉鬼……偷他們的魂能幹嘛？」夏又離說到這裡，陡然想到了什麼。「難道跟黑夢有關？」

「是呀。」硯天希感到上方血畫咒獸衝下，趕緊起身畫咒抵抗，說：「除此之外，還能用來要脅伊恩呀，長門不是伊恩養女嗎？」

「什麼！」夏又離驚愕不已，心想伊恩剛殺入巨腦找安迪大戰，得想辦法讓伊恩有所警覺，但此時四周戰情緊繃，一時也無計可施。

穆婆婆混在晝之光成員中，守著一處符籙平台，她此時少了樹龍幫忙，僅能勉強持著青竹掃把，對著那些被陳碇夫擊落在符籙平台上的血畫咒獸，補上幾記掃把劈，氣喘吁吁地說：「這樣下去不行吶！那些手腳、鬼臉多得嚇人，壞腦袋靠著那鐔魄質支撐屏障，能撐上多久呀……」

「你們在幹啥？怎不過來幫忙？」吳楓操使著白繩鞭打上空那些血畫咒獸，見夜路和盧奕翰擠在妖車旁，與孫大海你一言我一語地不知在聊些什麼，氣得大罵。「都這時候了還在偷懶！」

「我們不是偷懶，是在研究祕密武器呀！妳忘了剛剛伊恩老大說過的話？他很期待我們找出一個沒有他也能成功的辦法！」夜路大叫：「替我們爭取更多時間，拜託！」

「去你的祕密武器！」吳楓怒叱：「防線快擋不住啦——」

「我去幫忙，你們完成了再叫我！」盧奕翰見血畫咒獸攻勢愈漸凶猛，便奔遠參戰。

「外公，我上去守著車頂，交給你啦，有什麼不懂的再問我。」夜路也翻上妖車車頭，舉著鬆獅魔開砲轟擊逼來的血畫咒獸。

「都什麼時候了你還在玩這些鬼東西？」穆婆婆拐著了腳，無力再戰，退回妖車，見孫大海盤坐在駕駛座旁，口裡唸唸有詞，拿著隨身瑞士刀將數株神草切得亂七八糟，像是孩童玩積木般拼湊組合，不禁氣得大罵。「孫大海！」

「我不在玩，我是在嫁接呀！哎呀……我被妳嚇得忘了接下來要接什麼啦！」孫大海捧起那由數株神草分支莖葉拼湊成的怪異植株，扯著喉嚨叫喊：「夜路，你再說一次你想出的那東西！我想想還缺了什麼！」

「你們到底在造什麼？」穆婆婆不解地問。

「穆婆婆，我們被安迪切斷了大樹供應的魄質……現在想辦法造發電廠呀！」夜路在車頭頂大喊：「奕翰能吃東西轉化成魄質，但他吃得不夠快；那樹老怪改造出的石蓮花和食蟲草能吃食活物吸取精魄，但吸進草裡的魄質只能供那些草自用，現在外公正想辦法將各種神草組合起來，再加上奕翰，造出一座發電機——」

「對了，我想起來了，少了百寶樹！」孫大海怪喊一聲蹦起，捧著他那組合了六種神草、接得亂七八糟的古怪植株，湊到駕駛座旁。

青蘋昏昏沉沉地舉起手，將一條百寶樹分枝遞給孫大海，孫大海老練地以瑞士刀將那分枝削去外皮，接上那六種神草拼出的古怪植株上，捧著這七合一草施咒作法，令這手工組合的神草植株，紮紮實實地相容結合起來。

孫大海一面施咒，不時抬頭望著青蘋，他見青蘋臉色再度發白，探手晃了晃那魄質大罈，發現罈子已經見底，不禁著急起來。「青蘋呀，撐下去！」

「我還撐得下去，外公，你別分心……」青蘋氣若游絲地說：「再不然……你教我咒語……這些草吸了我的血，我比你更熟悉它們……我們齊心合力。」

「好、好、好！」孫大海哽咽地一字一句教導青蘋神草嫁接咒語。「伽兮力力伽兮伽兮力力……」

青翠光芒自孫大海和青蘋手中那七合一草上耀起。

「成了、成了……」孫大海將手指伸入那七合一草上一株小捕蠅草兩張葉瓣中。「咬咬看。」

小捕蠅草一口咬著孫大海的手指，孫大海輕輕哎呀一聲，然後靜默三秒，只見那七合一草的百寶樹分枝，生出了豆粒大的小果——孫大海解開了百寶樹封印，令百寶樹又能生出人身果以外的各種果子。

「造好啦！大家集合——」孫大海歡呼一聲，高高捧起那七合一草，嚷嚷大叫：「奕翰、小狐魔、安娜，過來幫忙吶——」

「怎麼回事？」「你叫我們幹嘛？」安娜等人往孫大海聚去，見到孫大海將那七合一草埋入石蓮獸後背，那七合一草上的石蓮花葉瓣立時伸出紅根，鑽進整隻石蓮獸體內深處，與整隻石蓮獸合而為一。

「我這神草本來沒有吸取生靈血肉精魄的本事，但被那些惡徒改造成飲血吃肉的惡草，我以毒攻毒，嫁接出一隻食肉惡草！」孫大海急急向眾人解釋：「大家保護它，讓它大吃一頓！」

「你要讓它吃什麼？」硯天希盯著那石蓮獸左顧右看，只覺得這石蓮獸沿途打架拉車，消耗不少力氣，比先前幾次大戰時的模樣小了一大圈。

「到處都是吃的。」盧奕翰翻身騎上石蓮獸，伸手指著壞腦袋屏障外的鬼噬巨腦。「聽說鬼噬怎麼也吃不飽，越吃越大、越吃越強。」他拍拍肚子，說：「跟我一樣。」

「出發啦！」孫大海大叫一聲，將一條條神草莖藤掛在頸上、捏在手上，像是操縱遙控飛機般指揮神草升空。

「上吧，大胃王，接下來交給你啦！」夜路在妖車頭上大喊，卻突然感到腰際一緊，被一條神草莖藤提上石蓮獸，同時，盧奕翰則被神草拉下石蓮獸，捲回妖車旁。

「哇！怎麼派我上呀，外公？」夜路感到石蓮獸騰空升起，自己卻被神草莖藤牢牢綁縛在石蓮獸後背上，朝漫天血畫咒獸飛去，嚇得哇哇大叫。

「沒辦法呀！」孫大海說：「你不是說你和奕翰還有青蘋，靠著大頭目那蛛絲相連才能傳遞魄質，要是奕翰飛遠了扯斷蛛絲，那我們這發電廠不就沒用啦！」

「大海爺，伊恩那蛛絲厲害得很，沒那麼容易斷呀——」夜路號叫，舉著鬆獅魔胡亂發砲，轟飛一隻隻血畫咒獸。「我一個人保護不了七合一草呀！」

「我去幫他。」安娜強忍肋骨疼痛，奮力甩髮捲上石蓮獸爪子，飛身翻上石蓮獸後背，揮髮掩護石蓮獸飛天。

盧奕翰被孫大海用黃金葛綁在妖車旁，接下幾顆蟲果，知道此時青蘋全賴他以蛛絲傳輸魄質續命，孫大海這麼綁著他，自然是怕他跑遠了扯斷蛛絲，儘管心中著急，卻也莫可奈何，只能默默啃著手中蟲果。

上方轟隆一聲巨響，只見石蓮獸撞上巨腦壁面，那大鷹頭埋入巨腦壁裡，身上一片片石蓮葉瓣啪啦啦崩裂散開，一片片葉瓣攀上巨腦壁面，飛快竄出紅根，彼此糾纏相連，且同時往巨腦壁裡鑽扎。

同時，石蓮獸背上竄出一條條食蟲植物，捕蠅草張口咬著腦壁隆起的肉瘤、豬籠草套上自腦壁伸出的鬼噬手腳、毛氈苔則伸入鬼臉嘴巴裡攪動。

一張張鬼臉不甘示弱，也大口吃起石蓮葉瓣與食蟲草。

「啊、啊……」孫大海站在妖車旁，不時閉眼感應連接著石蓮獸的數條神草莖藤變化，睜開眼嚷嚷地說：「行，這招真的行吶！」

「奕翰！」孫大海嚷嚷叫著，令百寶樹莖藤噗地生出一顆碩大果子，摘下拋給盧奕翰。

「是生肉果子，不太好吃，你忍著點！」

「誰說的，太好吃啦！」盧奕翰幾口吞下那生肉果子，只覺得比起先前那些恐怖肥料和奇蟲腐肉美味萬倍不止，不禁有些感動；他還等著孫大海再扔來新果子，卻只見兩條細藤竄到他面前，倏地從他鼻孔裡鑽入。

這是之前雜貨店大戰時，夜路想出的鼻胃管戰術，且這次孫大海一口氣用上兩條，準備雙管齊下。

「伽兮力力伽兮伽兮力力——」孫大海沙啞叫嚷，大力甩了甩連接著石蓮獸的神草莖藤，只見上方石蓮獸身子陡然暴長，湧出更多碩大石蓮葉瓣、竄出一條條食蟲草和巨菱角，往後掃打血畫咒獸、往前挖扒破壞巨腦壁面；這些植物沒有人腦，即使穿出了壞腦袋保護層，也不受巨腦黑夢影響——這是樹老師先前用以反制張意的戰術，此時夜路、孫大海等人有樣學樣，用以反擊巨腦。

一片片石蓮花落地生根，散開的每片葉瓣都能竄出新根，鑽入巨腦壁裡吸取魄質，長出新莖新葉，一化十、十化百、百化千，片片葉瓣彼此還能甩出紅根相連起來，將吸取到的魄質送入石蓮獸身體裡那七合一草上，再循著一條條莖藤傳回妖車。

「哈哈，一張鬼臉只一張嘴，吃東西哪比得上這些草千萬條根快呀！」孫大海興奮叫著，指揮巨菱角鑿開巨腦，撒入大批石蓮葉瓣進入生根，快速吸取巨腦血肉。「奕翰，肚子準備好了沒？」

「來吧！」盧奕翰握實拳頭，搥了搥肚子，陡然雙眼大睜，感到肚子裡彷彿出現激流漩渦，那兩條從他鼻孔鑽進胃裡的百寶樹莖藤，猶如機關槍般飛快生出果子，迅速撐大他的胃，他立時使出鐵身強化胃壁，還不時縮腹，像是幫助腹中阿弟「咀嚼」那些果子一般。

「唔！」青蘋眼睛亮了亮，本來逐漸青白的臉又開始恢復血色。

「哦！」妖車頂上的硯天希也感到有股魄質湧入身體裡——她與郭曉春的身子有著蛛絲相連；而郭曉春與壞腦袋身上的蛛絲則與青蘋相連。

「來啦——」夜路感到底下傳來的魄質，知道這大發電廠順利完工，身上蛛絲也沒斷，精神抖擻地舉著鬆獅魔八面開吼：「獅子砲！」

「啊呀？」壞腦袋獲得了新力加注，雙眼再次發亮起來。「又有力量啦?這力量又從哪來的？你們有兩口罈？」

同時，那巨貘鑽地車開始也有了動靜——小迪奇指揮著幾隻小貘化爲長管，頂著小鑽頭高高升起，混入石蓮獸大舉進攻處，趁著手腳鬼臉與神草糾纏在一塊之際鑽食腦壁。

鑽地車靠著那幾隻小貘鑽得了巨腦能量，立刻分出更多長頭鑽頭，伸出壞腦袋的保護屏障，向外反攻鬼噬巨腦。

□

「……」

青草地上，化身黑色巨狐的硯先生，望著自己的爪子。

那鎖著他的黑鏈終於鬆開。

郭曉春捧著他那巨大爪子，輕輕拍了拍。「前輩，您在傘裡受了不少苦，現在鏈子解開了，沒有惡鬼會來欺負你啦……」

「哼。」硯先生收回爪子，望著雙臂重傷的郭曉春，說：「那些小東西我也不放在眼裡，我只是陪他們鬧著玩，我才沒被他們控制。」

「放屁！放屁！」壞腦袋的聲音在草坡四周，隨著風響起。「我眼見爲憑！你瘋到連自己女兒都打，瘋到幫著欺負你的惡人欺負來救你的援手，你這瘋狐狸，現在醒了沒呀？」

「喝──」硯先生陡然一驚，高高站起，四面張望：「壞腦袋，你來啦？你躲著幹嘛？啊呀，你又把我騙進你夢裡呀？」

「你看、你看，臭狐狸，還說沒瘋！」壞腦袋哈哈尖笑。「剛剛發生的事你全忘了，對吧！」

「剛剛發生什麼事？」硯先生愕然望向郭曉春。「剛剛不就這小姑娘替我解鏈子嗎？鏈……」硯先生說到這裡，呆了呆，聲音一沉。「對呀，這鏈子哪來的？是誰膽子這麼大，拿鏈子鎖著我？」

「應該和把我綁在床上、縫著我眼睛、揭開我腦袋、日夜折磨我的那些傢伙是同一群傢伙。」壞腦袋這麼說。

「哦？有這種事？」硯先生望著自己巨大雙爪，仰頭望了望天，長長吸了口氣。「那現在……那傢伙在哪裡呀？」

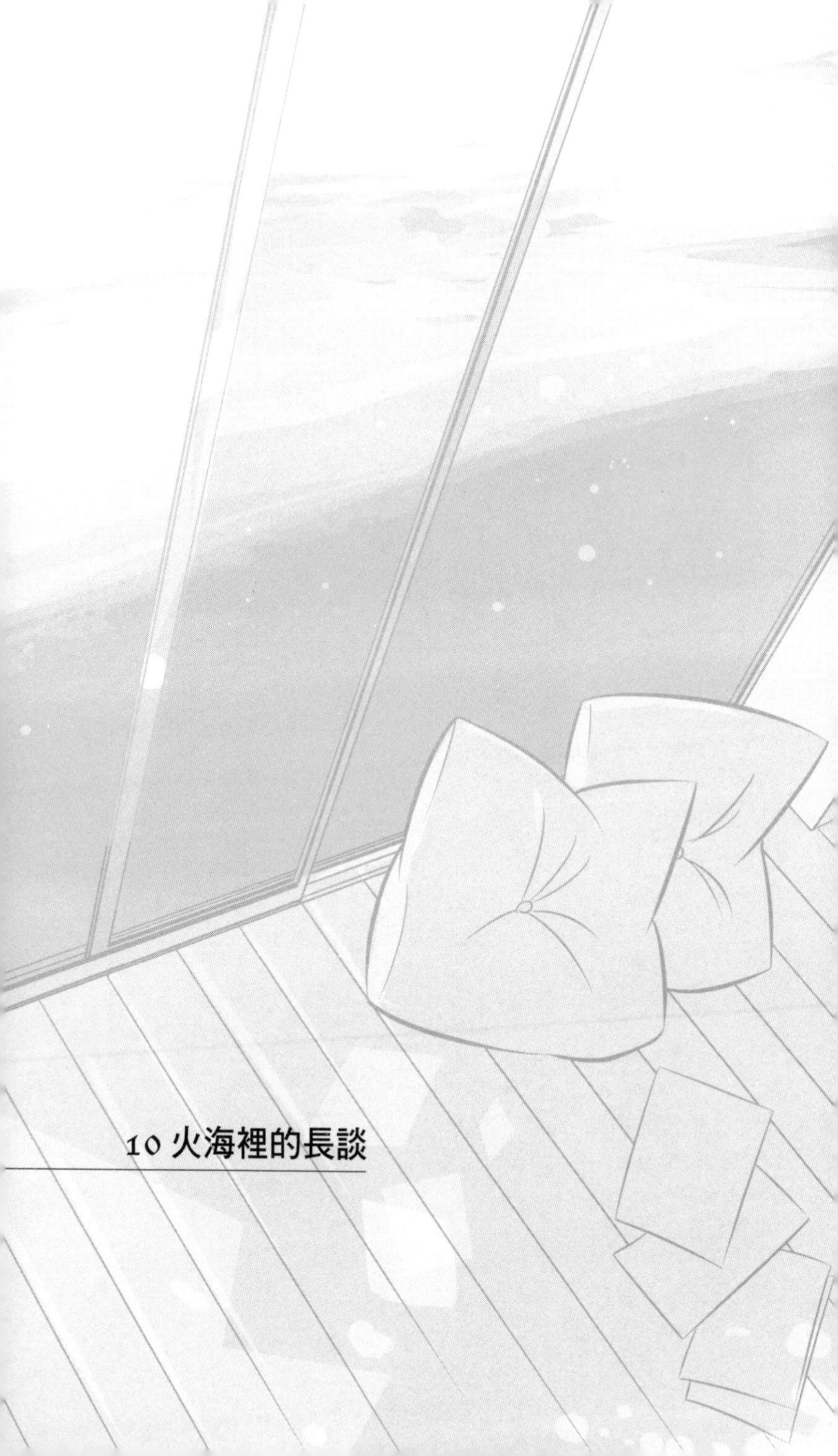

# 10 火海裡的長談

「你作了一場反敗爲勝的好夢。」安迪的聲音從四周傳開。「可以笑著瞑目了。」

伊恩腳下是鬼噬腦壁，周身左右也是鬼噬腦壁，就連頭頂上方也是鬼噬腦壁。

他從妖車躍下後，揮動虎咬刀和七魂斷刃，將下方腦壁橫七豎八地斬開，一路深入其中，像是想要揪出安迪眞身，一口氣往下斬開十數層樓深，卻感應不出安迪的眞身究竟藏在何處。

「你眞的完全與巨腦和鬼噬同化了？」伊恩冷笑了笑。「我是眞心佩服你，你眞的想出了控制鬼噬的辦法……」

「可以得到天下無敵的伊恩一聲佩服，是我的榮幸。」安迪嘿嘿一笑。「不過可以擊敗伊恩，更令人……」

「我只說我佩服你眞的想出了控制鬼噬的辦法。」伊恩打斷安迪的話。「可沒說我輸給你了。」

「到了現在，你還是不認輸？」安迪這麼說：「你看看你頭頂、看看你腳下，看看四周，你困在巨腦裡；你現在還能與我對話，是因爲我想和你說幾句話——即便是天才伊恩，也沒辦法抵擋黑夢。」

「是嗎？」伊恩哼哼一笑。「你試試看呀。」

四周靜默半晌，跟著，伊恩四面八方腦壁上的鬼臉紛紛鼓嘴吸氣，對著伊恩長吼起來。

伊恩全身符光閃耀，張開一圈小型結界抵抗無數鬼臉吼來的黑夢力量，他閉眼低頭，舉著七魂斷刃湊在嘴邊，輕聲低語著：「謝謝你們，我實在無以回報……」

「你在交代遺言？」安迪莞爾笑了笑。「對那隻蜘蛛還有七魂？」

伏在伊恩肩上，一路隨行至此的摩魔火聽安迪這麼說，陡然暴怒大吼：「該交代遺言的人是你，安迪！你的死期到了，我師弟就算死了，還能剋著你——」

伊恩在刀柄末端輕輕一吻，然後睜開眼睛，手背獨目藍光閃耀，護身小結界陡然擴大，向外推開，將四周無數鬼臉吹來的奇異煙霧推開好遠。

「你……」安迪隱隱明白了什麼。「你把張意的魂藏進了七魂裡……難怪你敢一個人下來。」

「是呀。」伊恩這麼說，反手從腰際那圈人身果中摘下一顆捏開。「我帶他們下來殺你。」

「就算你現在能抵擋黑夢，但你那果實時效有限……」安迪的聲音繼續迴盪。「我不喜歡持久戰，拖泥帶水、不夠漂亮，但你怎會覺得自己有本錢和吞下巨腦的我比拚持續力？」

「我剛剛說……」伊恩嘴角微微揚起。「我佩服你想出控制鬼噬的方式，是因爲本來我以爲只有我想得出。」

「你……想說什麼？」安迪語氣稍稍出現遲疑。

「我一路斬了這麼多刀，仔細確認過四周氣息——這裡有你、有邵君、有巨腦、有鬼噬——且鬼噬群鬼還分成兩派，一派是你插進自己脖子上的鬼噬釘裡的鬼；另一派的氣味是之前你用來攻擊張意的那支釘裡的鬼。」伊恩揚起虎咬刀，在四周腦壁上飛快劃出一連串符籙血字。「張意拿那支釘反擊邵君，使鬼噬吞噬了邵君；而你則讓另一批鬼噬吞噬你，進而吞下邵君那批鬼噬，過程大致是這樣沒錯對吧。」

「你做什麼？」安迪的聲音陡然一變，像是察覺到不對勁。

「經我的手處理過的東西，你也敢吃下肚？」伊恩再次劈開四周腦壁，飛快在腦壁上切劃符字——同時，先前他斬開的腦壁上，也紛紛浮現某些粗糙的筆劃，是他沿途快速切出卻尚未啟動的符印記號。

「你在張意那支鬼噬釘裡動了手腳？」安迪終於明白。

「是呀，塞了些我自己養的鬼。」伊恩冷笑幾聲，轉身雙手高揚，金紅刀光四面切斬，將四面竄來攻擊他的肉瘤巨柱劈裂掃倒。「看來被你餵得很好。」他這麼說，在腳下又切開幾道印，然後將虎咬刀直直往下一插，耀開一圈圈金光，畫龍點睛一般。

四周所有符印一齊閃耀起來。

「即使如此，你還是……」安迪拔聲怒吼：「會輸給我！」

「放屁！」摩魔火怒吼。

四面巨大的魔風往伊恩吹颳，無數鬼噬惡鬼自巨腦壁面竄出，前仆後繼往伊恩擠壓殺來。

伊恩腳下張開一圈圈符印，也擠出一隻隻惡鬼往前推撲，擋下四面湧來的惡鬼——這些被伊恩封入鬼噬釘裡的外來惡鬼，隨著鬼噬發動，與釘中安迪封入的惡鬼一同吞噬邵君、一同吃食巨腦、一同飛快長大，再被伊恩施法喚醒，轉而聽從伊恩號令。

七魂諸將在伊恩周圍現身，結成守禦陣勢。

七魂之外，還多出兩魂——

張意與長門手牽著手，站在伊恩身前；他們彼此互望了望，然後回頭，望向伊恩。

擋著黑夢力量的那圈光陣，便是以張意身子爲中心向外張開。

「一路以來，辛苦你們了。」伊恩反握著七魂斷刃，拍了拍張意的頭和長門的臉。「我一定會帶你們回家。」

「搞清楚了沒，安迪！」摩魔火飛撲在張意魂魄腦袋上，拔聲大吼：「輸的人是你，給我跪下來向我師弟還有長門小姐磕頭謝罪，等著受死——」

一陣陣劇烈騷動從伊恩腳下向四周傳開，逐漸擴及全體鬼噬巨腦，此時整座鬼噬巨腦裡約莫六分之一惡鬼開始騷動造反，轉而聽從伊恩指揮。

「不論如何，我的力量還是佔了多數。」安迪的聲音回復了冷靜。

「嗯，是誰在說話？是安迪對吧？」硯先生的聲音隱隱自巨腦上方裂口透下。「你把自己埋在這怪東西裡頭?出來，我們聊聊。」

「出來呀。」壞腦袋的聲音也一齊透下。「我也要跟你聊聊。」

「我先跟他聊。」硯先生的聲音這麼說。「我聊完了才換你聊。」

「我先聊。」壞腦袋像是不願退讓。「如果讓你先聊，你聊完我就沒東西可以聊了。」

「那我們先打一架好了。」「好啊，打就打，不講理的臭狐狸，你又要欺負我啦?」他們似乎有些爭執。

安迪則不再說話。

「兩個老傢伙給我讓開!」硯天希的聲音也透了下來。「下去揪他出來，圍著他一起聊不會呀?安迪，給我出來——」

一陣爆破巨響伴隨著鬼臉哭吼聲自上方炸開，透過孫大海那七合一草大發電廠吸飽魄質的硯天希，與夏又離聯手揮動破山臂，扒挖巨腦向下衝殺，嘩啦落在伊恩那光陣旁。

「啊!伊恩，你還活著!」「原來裡頭這麼寬呀!」硯天希和夏又離見到伊恩，都不禁訝然;夏又離見到伊恩，陡然想起有要事通報，急急地說:「伊恩老大，安迪可能偷走了張意和長門的魂，小心他用來威脅你……啊!」他倆又同時驚呼一聲，見到張意和長門就站在伊恩身前。「原來已經被你救回來啦?」

「什麼救回來!」摩魘火立時更正。「我師弟和長門小姐的魂魄，本來就是老大親手取出，一齊帶下來殺安迪那個混蛋的！」

「那現在安迪那個混蛋在哪呀？」硯天希這麼問。

「不曉得。」摩魔火這麼說：「他說他與巨腦同化了，妳見到的都是他吧……」

「不。」伊恩搖搖頭。「如果他的腦與巨腦同化，思緒性格必然會受到影響，但我不覺得他與先前有什麼不同，他的眞身藏在巨腦某處——或許他現在正在盤算如何逃跑，然後招募新人、東山再起。」

「想得美，我才不給他這機會！」硯天希瞪大眼睛，鼓足了氣，一拳往下猛擊，鑿開一個巨坑，放下一群凶爪猿猴持續鑽地。

「小狐魔，這裡是巨腦，小心黑夢！」摩魔火才剛出聲提醒硯天希，便見到四周腦壁上鬼臉紛紛張口吸氣，拔聲大吼——但吼聲吵雜凌亂，遠不如剛剛整齊——受伊恩指揮的鬼噬群鬼們在伊恩指示下，與其他鬼臉唱起反調，干擾黑夢運作。

上方伊恩一路斬開的腦壁破口，轟隆隆地往外擴張，像是被無形壁面向外推撐張開一般，壁面上張張鬼臉不論敵我紛紛緊閉上眼睛嘴巴。

壞腦袋落了下來。

然後是一批墨繪凶爪巨猿，這批墨繪巨猿比硯天希的巨猿大上數倍，各個都有三、四公尺高，一雙爪子尖長得如同整排砍刀，一落地便四面撲開對著腦壁亂斬起來。

硯先生接著落下，左顧右盼。「安迪，你躲在哪？」他問了幾句，沒有得到回應，見到一旁凹陷裡的硯天希指揮著墨繪獸將腳下巨腦鑿開一塊大坑，硯先生似乎嫌她動作慢，便蹲下將手埋入巨腦壁裡，轟出一連串巨大火鳳凰。

「哇！做什麼？」硯天希在那坑裡暴罵起來。

伊恩只感到腳下腦壁激烈震動起來，像是地層下陷般，連忙放出符陣踩上。只見腦壁一張張鬼臉眼口裡燃起火光，如同淹進了熔岩中。

伊恩站在符陣上，只見腳下腦壁快速向下降，然後燒起大火。

硯天希揪著夏又離躍出那坑，氣憤地責怪硯先生出手不分輕重。「你差點燒死我！」

「燒死妳又怎樣？要是妳這麼容易燒死，那妳也沒資格做我女兒。」硯先生哼哼說。

「誰要做你女兒？」硯天希一點也不退讓。

轟隆又是一陣巨響，上方四周腦壁也開始崩裂，鑽出一根根巨大鑽頭——小迪奇指揮的那鑽地車已再次長成巨大工廠，擴建出無數隔間，佔滿上方十餘層樓，生出更多長頸鑽頭，四面鑽食巨腦，擴張擬黑夢範圍。

陳碇夫則靠著神草新長出的大量蟲果，再次恢復氣力，在擬黑夢與神草掩護下，一舉攻破上方攔路巨腦壁，與頂樓何孟超重新聯繫上，指揮群蟲托起一個個負傷夥伴往上運送。

「小子。」壞腦袋望著張意。「原來你長這個樣子呀，真可惜你已經死啦……」

張意神情茫然，彷彿忘記了許多事，但他偶爾會轉移視線，盯向某些地方——像是突然發覺了蒼蠅的貓般。

「你知道安迪在哪？」伊恩察覺到這情形，問：「你仍然能夠感應著巨腦裡的一切動靜？」

張意默默無語，只是不停東張西望。

然後伸手指向一個地方，然後緩緩移動轉向、再轉向。

「他在逃。」伊恩冷笑幾聲，舉起虎咬刀，往張意手指移動的某處方向更前方接連劈出數刀，一道道虎咬刀金光斬去，切過那燒成如同熔岩的巨腦壁面，一口氣切開數十公尺遠。

張意胳臂立時挪移方向，緩緩指向另一邊。

「真的呀！」硯天希大喝一聲，拉著夏又離倏地往下俯衝，朝著張意指的方向，也轟出墨繪咒獸，轟開底下燒成一片的大火。

張意胳臂再轉，壞腦袋瞪眼揮臂，循著張意指向，將那方腦壁分紅海般扯開一條極寬裂口。

安迪那嵌在腦壁上的變形人身倏地在裂口深處露臉，驚恐地再次遁逃進腦壁裡。

「從來沒見過你露出這樣的表情。」伊恩哼了哼。「這麼多人想找你聊天，你不說幾句話嗎？」

伊恩沒有得到回應，只見上方一根根大鑽頭四面竄扒，張意的視線和指向轉移的範圍逐漸縮窄——淹沒整片地底的鬼噬巨腦雖然巨大如城，但張意既能感應到安迪位置，其他人就能像是切蛋糕般，一步步截斷安迪逃跑路線。

此時神草莖藤與鑽地車鑽頭彷彿在安迪四周結成大網，逐漸縮小搜索範圍。

然後，張意的指向終於定住不動。

壞腦袋再次扒開腦壁，且一口氣將腦壁向兩側推開十餘公尺，眾人終於見到留在那寬闊裂口中央的安迪——他被一根鑽頭捲著腰際，正面目猙獰地試圖掙脫。

此時安迪一身指魔之力早已耗盡，能夠使用的便是這鬼噬巨腦裡的巨大力量，但伊恩令鬼噬巨腦裡六分之一的惡鬼造反，干擾安迪控制巨腦；而大鑽頭和神草莖藤則不怕黑夢，揪上安迪身子便死纏不放。

更多神草莖藤循著竄去，捲上安迪手腳四肢。

「好傢伙，現身啦——」硯天希見了腦壁裂道裡安迪那狼狽模樣，拉著夏又離飛梭竄去。

但她感到背後一道金光倏地劈來，連忙閃開，只見那金光倏地斬過安迪腰際，將他攔腰斬成兩截。

「我聊完了，沒話想對他說了。」伊恩聳聳肩。「剩下的你們慢慢聊吧。」

「伊恩你這混蛋！」硯天希怒罵幾聲，拖著夏又離倏地竄到安迪那斷裂身子面前，舉著破山胳臂，轟隆隆地對著安迪頭臉一陣暴打。「你聊那麼大一口，別人還有得聊嗎？你……」

硯天希正覺得用拳頭打不夠過癮，想變點鎮魄犬幫忙咬爛他的臉，突然又感到背後一陣火海掀來，知道硯先生也搶著來和安迪聊天了，趕緊揪著夏又離向上飛衝，轟開腦壁躲火。

「這老王八蛋……」硯天希與夏又離抓著飛羽衝出腦壁，騰在空中往底下腦壁大洞裡望，隱約可見安迪那半截身子，泡在火海裡似乎還想掙扎。

但硯先生那矮小老頭的身影已經站在他的面前，揪住了他的胳臂不讓他跑，像是當眞在與他聊天說話。

「他們……在聊什麼？」夏又離喃喃地說。

「我怎麼知道！」硯天希沒好氣地說：「你不會自己問他，你不是喊他岳父？」

「跟岳父聊天好像很熱啊……」夏又離呆愣愣地望著火海裡的影子，見安迪的身影雖不時仍有些掙扎反應，但逐漸緩慢下來，然後崩裂碎散開來。

「對了，我有答應讓他當你岳父嗎？」硯天希彷彿想起什麼，揪著夏又離領子瞪他。

「妳不想認硯先生當爸爸？」夏又離這麼問。

「不是啦！」硯天希聽夏又離這麼回她，一時有些語塞，又見夜路等人正在高處那大鑊鑽地工廠往下望來，掛在四周那黃金葛大葉紛紛捲成了喇叭狀，像是在同步偷聽他們對話一般，連忙揪著夏又離飛遠。「哦，你越來越會頂嘴了！來，我們好好聊聊……」

夜路將手拱在嘴前，朝著高高飛遠的硯天希喊：「又離，好好聊呀，聊出幾隻狐狸寶寶記得認我當乾爹呀，聽到沒有——」

硯天希立時掉頭，拎著夏又離飛回那大獲工廠要找夜路麻煩。

夜路也立時乖乖伏地道歉。

# 11 美麗新居

「住得還習慣嗎?」伊恩望著張意。

「啊……」張意咧嘴笑了笑,點點頭。

雪白整潔的客廳中央鋪著柔軟地毯,廳桌上一只竹籃裡擺著幾顆橘子,一旁巨大落地窗透進斜陽,橙紅色的落日正逐漸隱沒在大樓群中。

長門端著一壺茶從廚房來到客廳,替張意和伊恩斟了兩杯茶。

神官激動地在長門身邊飛繞,不停撥彈爪子上的細弦。

長門微笑地伸手接著神官,拂了拂他頭上白羽,讓他瞧瞧她手上戒指,是枚婚戒,而不是以往那帶弦銀戒——

她生爲人時聽不見聲音,但死後便不需要靠弦音溝通。

「長門小姐、長門小姐——」神官哇哇大哭起來:「我想跟妳住,讓我跟妳住!」

長門露出呆然神情,神官立時以日語重複一遍。

長門微笑地搖搖頭,拒絕了神官要與她同住的要求,但仍帶著神官參觀她美麗新家。

臥房裡也有面落地門窗,外頭是一處鋪著木地板、種著花草,可以俯瞰城市美景的雅緻小陽台。

神官揚著翅膀、舉著爪子,想繼續跟長門爭取,請她替他也在小陽台上擺上一個小窩,他不想離開,他想把這裡當作自己的家。

長門仍然微笑地拒絕了。

摩魔火在一處和室模樣的大房裡打滾蹓躂，那和室外側兩面龐大紙門敞開，通往美麗庭院，有大片花草、樹木和各種庭園造景。他見神官哭哭啼啼地抱著長門經過和室房門邊，不禁哈哈大笑，正想調侃神官幾句，突然哆嗦幾下，嚇得縮成球狀，滾到角落一動也不動。

庭院外掠過幾道大影，幾隻巨大銀色蛛足踩過庭院花草，走遠之後，摩魔火才鬆了口氣，溜出和室，奔回客廳，躍上廳桌。

「老大，這裡眞不錯，我都想待下來了，美中不足的就是……」摩魔火說到這裡，突然又縮成球狀滾下廳桌，鑽進沙發底下。

銀色蛛足掠過落地窗外，雪姑巨大蛛身從窗外探起，頭胸上複眼閃閃發光，像是在找著什麼。

摩魔火哆嗦著，自沙發後方鑽出，嚷嚷地往玄關奔。「老大、師弟、長門小姐，不好意思，我去外頭看看情況，下次有機會再找你們聊聊……」

「以後機會多的是。」伊恩哈哈一笑，將茶喝盡。

□

摩魔火哇地大叫，蹦上伊恩斷手。

此時的伊恩斷手經過特殊處理，一雙臂骨纏著深色符布，外側戴著一副武士甲冑風格的護甲手套。

斷手後方那精美木架，橫擺著一柄嶄新武士刀。

刀鞘依舊是墨黑色的，光亮漆色底下隱隱可見密密麻麻的符籙文字，幾條銀色綴飾閃閃發亮。

「張意新家怎麼樣？」「修好的七魂聽說比以前更硬。」「長門現在能夠直接聽見聲音了？」青蘋、夜路、盧奕翰、硯天希、夏又離、郭曉春六人，圍在小桌旁，望著自那修復完好的七魂刀裡躍出的摩魔火，嘰嘰喳喳地問個不停。

小桌上除了七魂刀、伊恩斷手外，還擺著一張小墊，躺著神官。

「你說，這麼大隻的白文，是不是突變？」「白文鳥會說話也很厲害呀，我從來沒看過會說話的白文鳥。」「嗯，那表示他是隻努力的白文鳥。」小八和英武聚在神官身旁，一會兒啄啄他爪子、一會兒叼叼他羽毛，瑣碎閒聊著。

眾人佇身處空間不大，裝潢卻十分華美雅緻，鋪著高級沙發和豪華地毯，這是一輛頂級豪華休旅車內部。

休旅車停在日本東京新宿街上。

車主人是安娜。

由於這休旅車裡駐有妖車，能夠任意變形，還能假造車牌，甚至還能在施設閉水咒術的情形下潛入水中前進，因此安娜時常乘著妖車偷渡周遊各國，依照各地交通規則變化車牌與左右駕駛座。

此時安娜窩在駕駛座上悠閒地翻著雜誌，儀表板上有處精雕細琢的金屬小門，小門推開，伸出一隻金屬手，抓著一杯咖啡，遞向安娜。「主人，咖啡好了。」

「謝囉。」安娜接下，喝了一口，繼續翻閱雜誌。

數個月前萬古大樓激戰過後，安娜自作主張接收妖車，裝入用協會鉅額酬勞購入的這輛豪華休旅車裡；大夥無人反對，就連妖車自己也十分樂意將安娜當成首席主人，專心服侍她，再來才是青蘋、夜路等第二、第三號主人。

此時整個台北大多數區域仍被劃入管制區域，大多數市民陸續自黑夢巨城裡的巨型儲藏空間中被救出，送往他處安置；各國政府及協會分部組成的準官方維和部隊，每日在黑夢巨城中持續搜救活人，追擊零星躲藏的四指殺手和流竄妖魔。

何孟超等台北分部高層考慮到黑夢巨城與整座城市原有建築緊密結合了一段不算短的時間，建築結構交錯嵌合，倘若強行撤去黑夢，恐怕會對整座城市大多數原有建築造成毀滅性破壞，因此徵得壞腦袋的同意，在壞腦袋協助下，繼續維持黑夢巨城運作，逐日削低巨城怪樓高度，同時使用擬黑夢來塡補某些眞實建築被黑夢掏空的結構體，慢慢地修復這座城市，直到恢復原貌——這樣的工作會持續很長一段時間。

壞腦袋當年爲了躲避硯先生的霸凌欺負才選擇與四指合作，此時倒是挺樂意幫助協會重建台北，換取協會撐腰，保護他不受硯先生欺負，甚至期待有朝一日能夠欺負回去。

硯先生倒也無意特別針對壞腦袋，他對壞腦袋與誰合作、找誰撐腰，根本不放在心上——硯先生不管欺負誰、幫助誰、殺了這個、吃了那個，千年以來，都是隨興而爲。

那日萬古大樓一戰之後，硯先生轉眼便溜不見了，數週之後才再次有了消息——硯先生以黑藤術扛來一群不知從哪兒搶來的肥豬肥牛，在高雄美濃郭家傘莊那外埕空地裡堆成一座小山，上頭還擺了一件美麗的狐毛大衣。

眾人猜測那或許是硯先生對於郭曉春替他解鏈、放他出傘的回禮。

那時郭家三合院才剛重建完成，阿滿師讓那平空堆在空地上的豬牛羊小山嚇得呆了，花了好大工夫才請人運走那批牛羊、清淨滿地屎尿，儘管嘴上微微埋怨，但也不敢對這輩分高出他太多的日落圈子大前輩口出惡言。

此時郭曉春每日照料她那護身傘之餘，便等著學校重新復學的通知——黑夢事件影響的範圍可不只台北，不論公家、私人，許多重要機構組織仍然停擺至今。

王寶年被協會從巨傘裡取出，在何孟超指示下，送至海外一處隱密據點深藏軟禁，萬把王家傘則盡數由協會接收安頓；王寶年對何孟超這安排沒有太大意見，他此時雖然無法像過去那樣隨心所欲，但他也無意爭取什麼——他相當清楚自己仍名列硯先生的「聊天」清單裡，在硯先生忘記這件事之前，他不介意暫時低調度日；若他覺得無聊了，也會透過何孟超傳達訊息，有時向阿滿師約戰，有時說想與郭曉春講幾句話。阿滿師對王寶年此時處境沒有太大意見，也並不介意與他多打幾場架，但總是擔心會因此得罪那喜怒無常的硯先生，因此一概推辭。

秦老在大戰結束後的十數日裡，被協會搜救隊從地底一處黑夢囚室找出，他與清原長老被黑摩組藏在囚室裡撬開腦袋，提取協會與晝之光種種機密情報；此時仍在靜養，或許永遠不會康復。

何孟超扛下台北分部最高主管這頭銜，每日忙得焦頭爛額，氣色似乎比與黑摩組作戰時還糟；他三天兩頭詢問賀大雷的康復狀況，只盼賀大雷趕快重返工作崗位幫他分擔部分工作。

魏云至今仍領著醫療團隊待在台北分部幫忙，她最近一起手術，就是硯天希和夏又離的分身手術。

手術十分成功。

夏又離與硯天希終於不再黏在一起，但只要硯天希願意，還是能夠鑽入夏又離身體裡，將他當成行動倉儲或是交通工具般任意進出。

清原長老被救出之後，被送返東京靜養，正式退休，老金讓出了那大宅供清原長老安度餘生，自己則嚷嚷要復出，就像他過去每隔一段時間，口味就會改變一般，他開始對插手干涉日落圈子裡各種奇異事件重新產生興趣，而不再甘於成日窩在華麗大宅中看電視度日。

淑女被英國畫之光成員接回安頓，包括伊恩、魏云在內，不時飛去英國探視淑女，持續研究如何破解艾莫藏在淑女身體裡的各種陷阱法術，以求有朝一日，能夠喚醒淑女。

紳士那雪白雕像便放在淑女病房窗邊。

此時此刻，淑女在她那保護夢境之中，或許也佇在窗邊，端著紅茶遙望遠方。

穆婆婆回到了宜蘭蘇澳雜貨店，在一批自願異能者幫助下，清理著那歷經數場大戰的雜貨店結界；由於受了大家幫忙，穆婆婆也不好推辭眾人關心拜訪，特地在雜貨店內廊道裡，闢出一間寬闊得如同里民活動中心般的待客室，供各地異能者休息拜訪聊天。

孫大海替她將老樹種回古井，古井底下本來囤積的巨量魄質，雖然先前被黑摩組抽取一空，但經過了數個月，又逐漸滲出了新魄質，正一日一日地緩慢累積著，因此穆婆婆的雜貨店，依舊在協會保護名單之中。

孫大海那花店則是關門大吉，這場戰鬥令他孫家神草一戰成名，數月以來中不時收到各式各樣的合作邀約，其中大半是外地四指，或是與四指走得較近的異能人士。

這些邀約令孫大海膽顫心驚，生怕再次讓自己和青蘋捲入恐怖糾紛，索性收起花店，入住協會保護據點，安安靜靜地種花養草；那據點除了固定駐守的協會成員外，鄰近也有畫之光的新據點，暗中保護孫大海。

孫大海會定時寄送人身果到畫之光的日本總部，且特別培養出一株株百寶樹分株，教導畫之光成員種植要訣，讓畫之光成員在海外也能自產人身果，以備不時之需。

青蘋成了孫大海與畫之光間的聯絡人員，她一點也不介意在日落圈子裡闖蕩打滾——獨立接案異能者，這身分與她從前想要當的私家偵探有幾分相似，她十分樂意做這樣的工作；她定時會前往東京，替伊恩照料那些百寶樹分株，按照人身果生長情形調整肥料養分。

而負責替她篩選案件、作為聯繫窗口經紀人的則是夜路。

盧奕翰也順理成章地變成了青蘋的異能者輔導員，負責監管青蘋的異能使用範圍。

平時青蘋在接案闖蕩之際，為了讓孫大海安心，常會帶著英武相伴，英武與小八要好，也常帶著小八一起行動；穆婆婆在大戰之後，倒不介意讓小八四處蹓躂、玩耍，且樂於聽小八返回之後，滔滔不絕地講述所見所聞。

這幾日大家重聚在這高級新妖車上，便是聯手調查一起新案件。

案件聘僱人是伊恩。

案件的目標是揪出近日數起孩童失蹤事件的幕後主使者。

其實伊恩早已查出那幕後主使者的身分，但那傢伙有點本事，且手下爪牙眾多，畫之光此時人力不足，行事時總是須要聘請些第三方異能者幫忙；更重要的是，那幕後主使者對日本畫之光成員十分熟悉，伊恩需要一批生面孔替他進行第一線任務，而且伊恩也想讓大夥兒參觀一下張意與長門的新家，陪張意和長門聊聊天。

鬼魂魔物等可以在伊恩允許下，自由進出七魂，但若是生人活物，就得像神官那般，經由符法沉睡之後，透過蛛絲與七魂相連，從夢境進入七魂。

修鑄完好的新七魂，裡頭每隻大魔都有專屬豪宅，那些豪宅裡有各式各樣的房間，有些房間彷彿處在高樓，能夠俯瞰城市；有些房間外是草地庭院甚至是大海、山間，夢幻自在的程度遠遠超過凡人富豪居家——這是伊恩爲了酬謝七魂和張意、長門一路相伴，特地尋訪日落圈子裡的厲害鑄劍師，聯合結界師、建築設計師，重資打造而成的奢華魔刀。

而那虎咬刀則再次貼上封條，放回清原長老的東京豪宅正廳供桌上。

摩魔火雖然日夜都跟在伊恩身邊，且常惦記著張意，但因爲害怕撞著雪姑，拖拖拉拉至今才首次與神官一同進入七魂探望張意和長門。

夜路等人倒還沒進七魂，接下來他們還得進行伊恩託付的案件任務，可沒時間睡倒與張意閒話家常。

「有動靜了。」盧奕翰盯著遠處公園裡那婀娜女人。

女人蹲在一座鞦韆前，摸著一名小男童的腦袋。

小男童臉上沾著砂土，獨自玩了幾十分鐘鞦韆和溜滑梯，見到女人走向他，便蹲在地上呆然聽女人說話，不論女人說什麼，他便只是微微張口望著她。

女人站起身，牽著小男童走出公園、轉進巷弄、坐上一輛不起眼的中古車，駛入不遠處的歌舞伎町。

豪華嶄新的妖車，並沒有在第一時間跟上那輛車。

而是在十餘分鐘後才緩緩駛去歌舞伎町外大街，在外繞行，依序開門放下車中成員，讓他們步行至目標地。

夏又離第一個下車，照著手機地圖找了半晌，穿過熱鬧人群，走進一家迴轉壽司店，操著生硬日語，入座用餐。

盧奕翰和夜路第二批下車，左繞右拐，進入一處位於地下室的成人書店，裡頭陳列著滿滿的色情漫畫、寫眞和ＤＶＤ。

郭曉春和安娜第三批下車，她們進入一棟大樓，乘著電梯往上，安娜在三樓便離開電梯，進入一間柏青哥店；郭曉春則提著她的大傘箱，一路來到最上層的情趣旅館，辦理入住手續。

青蘋最後下車，她走出妖車時，穿著寬大風衣，戴著琥珀色墨鏡，還揹著一個吉他箱子，繞走半晌，進入一棟老舊商辦大樓，搭電梯上了三樓，推門進入一處凌亂的辦公室。

辦公室裡幾個人手上胳臂都有刺青，不發一語望定了青蘋。好半晌才有人起身接待，青蘋比手畫腳地用英文摻著簡易日語單字，纏夾對話半天，表示自己從台灣來。

那接待人員搔搔頭，回桌前撥了通電話，隨手指著一張椅子，示意青蘋等待。

青蘋便靜靜坐下滑著手機，與通訊群組裡的安娜、郭曉春等交流著眾人此時動向——夏又離吃了幾盤壽司；安娜柏青哥贏了不少；盧奕翰和夜路在成堆成人影片和漫畫櫃位間流連忘返；郭曉春坐在情人旅館床沿，尷尬望著那情趣八爪椅發呆。

「小姐，妳是台灣人？」一個男人手上提著食物進入辦公室，來到青蘋面前。

青蘋點點頭，站了起來，揹起吉他箱子。

「妳想借多少？」男人這麼問，取出一本筆記本，冷冷地說：「妳知道我們這裡的規矩嗎？誰介紹妳來的？山下町的小李？」

「不。」青蘋搖搖頭。「是山下町的司馬先生。」

「……」男人推了推眼鏡，無名指上的戒指是骷髏頭造型。

他在橫濱中華街的友人不時會介紹些華人客戶給他，不同的友人介紹的客戶，需求往往也不一樣。

小李介紹的客戶，需求通常是錢，不見得是很多錢，但都是急用的錢；司馬介紹的客戶則不一定，有些也是需要錢，有些則需要更多。

「我不要錢。」青蘋指了指背後吉他箱子。「我要弦。」

男人默然幾秒，說：「妳要的東西比錢還貴喔，妳……」

青蘋從挽著的名牌皮包裡，拿出一個小玻璃罐搖了搖。

玻璃罐裡裝著滿滿的手指。

「嘶——」男人瞪大眼睛，態度立時丕變，像是見到了大客戶般油滑地搓起手來，領著青蘋走出辦公室，往四樓走。「底下是放高利貸的，上面才是談我們的生意的地方。」

四樓的辦公室模樣與三樓差不多，都是些看起來像是黑社會的傢伙。

男人領著青蘋，來到深處一間房外，門上貼著以各國語言寫著「禁止進入」的牌子，門外還站著個人，像是守衛一般。

男人推開門，領著青蘋進去。

房裡像是休息室，有另外三人或坐或站地各據一處，見男人進來，也不理他，繼續自顧自地盯著手機。

男人帶著青蘋來到一座兩公尺高的巨大鐵櫃前，像是刻意賣弄般地揭開那大鐵櫃，只見裡頭堆著一疊疊資料文件；他關上門，轉了轉櫃門上的密碼鎖轉盤，跟著規律地敲了敲櫃門，再次揭開時，裡頭模樣卻截然不同——

是一座小型電梯。

男人對青蘋比了個「請」的手勢，青蘋也毫不客氣地走入其中，男人跟著進來，在電梯鍵上按了按，電梯開始往下。

青蘋取出手機看時間，七點五十九分。

「進入這裡之後，手機撥不通的。」男人笑了笑。

青蘋沒有理會他，只是自顧自地把玩手機，男人也不以爲意，靜靜等待電梯門再次開啓，領著青蘋走出電梯。

青蘋拿著手機，跟著男人走在一條廊道裡，這廊道光線昏暗，壁面上有一扇扇小門；男人推開一扇門，領著青蘋進入其中。

裡頭擺著一些樂器的成品和半成品。牆上掛著一面時鐘。八點整。

青蘋的手機微微震動，她檢視通訊群組，上頭是眾人發出的一串串訊息。

行動！

出發。

開始了，大家小心喔，待會見。

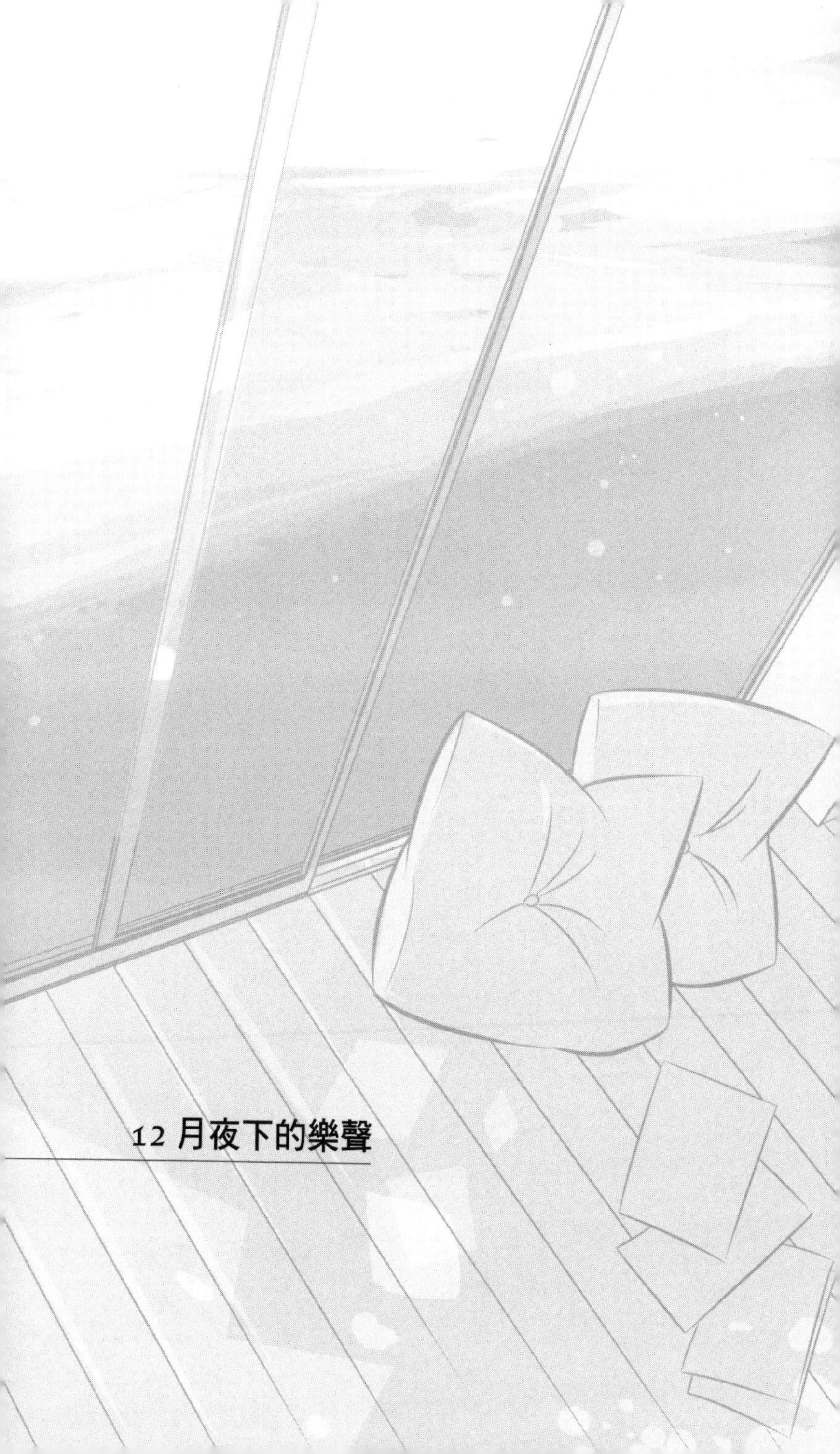

# 12 月夜下的樂聲

「我不是說這裡收不到訊號？這裡不能用手機……」男人見青蘋仍盯著手機，微微訝異。

「少囉嗦。」青蘋揭開墨鏡，說：「你們有哪些好東西，通通拿出來給我看。」

「呃……」男人抓抓頭，一時不知所措，他隨意翻了翻櫃子，回頭看了青蘋身後的吉他箱子一眼，挑出幾盒吉他弦，放在桌上。「這些是上等好貨，貴得很……」

青蘋抓起那幾盒吉他弦左右瞧瞧，看不出所以然，從皮包裡取出那玻璃罐，放在桌上，隨口問：「這些可以買幾條？」

「嘩——」男人捧起那玻璃罐瞧，連連吞嚥口水，還小心翼翼地揭開封條，湊在鼻端嗅了嗅，忍不住微微顫抖，眼睛都發著光，不敢置信地問：「這些指魔妳哪弄來的……這……這可不是隨隨便便就能弄到手的東西呀……且竟然這麼多！」

「你不知道之前台灣發生的事？」青蘋瞪大眼睛問。

「知道啊……」男人連連點頭。「全世界圈子裡的人都知道，怎麼可能不知道……」

「那就對啦。」青蘋說：「一堆四指殺手被黑摩組拐去台灣替他賣命，那一仗打下來不知道死了多少人，這種東西路上隨便撿都撿得到。」

「有這種事！台灣路上可以隨便撿到指魔？」男人愕然。「這些都是妳撿到的？」

「台北的黑夢還沒撤呀，好多地方還在打呢，協會的人沒時間管這種小事。」青蘋說：

「剛好我有認識的朋友在搜救隊幫忙，可以自由進出黑夢，在黑夢裡你想撿什麼都撿得到……

幹嘛，你心動呀，也想去撿東西？」

「這……這……」男人連連吞嚥口水，一下子點點頭、一下子搖搖頭，不知所措地說：「聽起來挺不錯，但……我得問問老闆……呃，不……他或許會不高興……」

「別囉嗦了，帶我去見你老闆。」青蘋這麼說。

「這可不行。」男人馬上搖頭。「老闆現在在忙，要是沒有重要的事，不能隨便打擾他。」

「這樣呢？」青蘋又從皮包裡取出兩罐玻璃瓶，裡頭全裝著滿滿的手指。「這生意夠不夠重要？」她不等男人回答，將一罐手指推到男人面前。「帶我去找你老闆，這罐就當你的小費好了。」

「喝！」男人愕然大驚。「妳……妳到底是什麼人？妳想談什麼生意？」

「大生意。」青蘋皺起眉頭。「你到底要不要幫你老闆介紹客人？」她說到這裡，伸手想將三罐玻璃罐收回，還說：「你不幫我介紹，我找別人好了，反正這裡多得是人。」

「我來、我來！」男人按著青蘋的手，不讓她收回玻璃罐，像是亟欲搶下這筆生意。他急急忙忙拿起電話，按下號碼，戰戰兢兢地用日語解釋自己在這時打擾，是因爲有筆大生意上門。

「告訴你老闆，我有幾隻小怪胎想找買家。」青蘋將手機端在男人面前，手機螢幕上是一幅猶如孩童塗鴉般的簡陋小畫。

塗鴉畫著一個大頭，底下接著一具小身體。

男人訝然大叫：「老闆，她說她有其他小壞腦袋想賣人呀！」男人驚叫幾聲，想起自己講的是中文，便又改口用日文講了一遍；電話那頭飆出大叫，像是也驚奇至極。

「老闆要我帶妳去見他。」男人掛上電話，搓著手、抹著汗，終於相信青蘋這客人地位可是不同凡響；他望著那玻璃罐，連連嚥著口水，怯怯地說：「您……您剛剛說，有一罐是給我的小費？」

「嗯。」青蘋點點頭，將吉他箱子放上桌，說：「替我把弦裝上，手指就賞你啦，你自己選一罐吧。」

「是是是！」男人難掩激動之情，飛快揭開抽屜，挑了只最大罐的玻璃罐藏入，然後立時關上。

那罐手指裡每一隻手指都比他無名指裡的指魔厲害許多，若是他得到整罐手指，想辦法納爲己用，那可是件不得了的事情──他腦袋裡浮現出一些四指裡的知名人物，隱隱將自己與那些傢伙比較起來。

他顫抖地揭開那大吉他箱子，卻見裡頭沒有吉他。

只有一把漂亮華美的武士刀。

和一隻斷手。

和一堆古怪果子。

□

八點整。

夏又離向群組傳出訊息之後，離座起身，往廚房方向走，被一名廚房人員攔下；夏又離的胸口伸出一隻手，在那廚房人員面前晃了晃，那人便笑咪咪地讓開。

硯天希從夏又離胸口躍出，伸了個懶腰，像是睡飽了般隨手從廚房料理台上取起尚未裝盤的握壽司吃下，還對每一個趕來攔阻的廚房員工施以迷魂幻術——她是百年狐魔，除了墨繪術外，也懂得一些迷魂幻術。

他們來到廚房深處，四處找了找，硯天希皺著鼻子嗅了嗅，來到一個冷凍大櫃前，一把翻倒，只見大櫃後方是個空洞，通往一處古怪梯間，那梯間向下，裡頭還坐著一個像是守衛的傢伙。

那守衛正嚷嚷地要起身，便讓硯天希一腳踹倒，踩在地上，夏又離趕忙跟上，抓起那守衛手腕，見他手上戴著戒指，便揪著他手腕想仔細檢查，卻被硯天希一把推開。

硯天希嗅了嗅那守衛手腕，二話不說，一把扯下那隻手，將那斷手抓在手上拋玩，還施展墨繪召出火鷹點燃那隻斷手。

「啊！」守衛驚號著想搶回自己的手，卻被硯天希提起扔遠，砸在牆上。

硯天希將那燃火斷手當成毽子般踢著玩，邊踢邊下樓，見火被踢滅了，還不時補上幾發火，夏又離跟在後頭，見那守衛痛哭慘號想來搶手卻又不敢，隱隱覺得不忍，遠遠地對他說：「你如果後悔，就逃遠點重新做人吧……否則只有死路一條。」

硯天希踢著那燃火斷手毽子，來到地下室。

那地下室像是間屠宰場，裡頭聚著幾個人，有公園女人，也有公園小童，也有幾個像是助手的人，七手八腳地圍在公園小童旁邊。

小童被綁在一張像是兒童座椅般的金屬椅子上，雙手被固定在椅子兩側的金屬台上。

女人一手拿著鎚、一手拿著剁刀，那剁刀刃面破鈍不堪，像是敲過硬物一般。

「好慢吶你們……」小童突然開口抱怨起來。「我肚子餓壞啦！」

「哪有慢呀，時間剛剛好啊。」硯天希一腳將燃火斷手踢向小童。

小童張口接著，喀啦咬進口裡吃下，搖搖頭說：「不怎麼樣。」他這麼說的時候，身子一下子變大了些，像是長大幾歲。

女人與一票助手駭然大驚，有的衝向硯天希作勢要攻擊，有的按著小童阻止他掙脫。女人尖叫著，面露凶光，將那菜刀抵在小童手腕上，然後舉著鎚子重重敲下。

磅硠一聲，菜刀斷成兩截。

小童隨意抬起手，摀著嘴巴打了個哈欠，又把手放回椅臂台子上讓女人繼續砍，這才想起椅臂平台上的束帶已經被自己掙斷，不禁哈哈一笑，嘴角露出虎牙——是老金。

那衝近硯天希的屠宰助手們一個個被擊飛撞壁，夏又離見這地下屠宰場四處遍布血跡，滿地都是些血肉殘渣，知道這些傢伙在這裡屠人，連孩童也不放過，不禁氣憤，也化出破山胳臂，將一個衝至他面前的助手轟歪了腦袋——他與硯天希身體分開之後，施術之餘自然無法共享她那身雄渾魄質，但他修習墨繪術至今已有一段不算短的時間，總算小有所成，儘管魄質遠不如百年狐魔硯天希豐厚，但轟倒幾隻嘍囉倒是輕而易舉。

女人見硯天希走來，立時摘去手中戒指，指魔之力才剛發動，就讓老金咬斷了手。

「呀——」女人瘋狂號叫著，持著鎚子往老金頭上猛砸，但尚未得到多少指魔之力灌注的她，持著鐵鎚再怎麼大力敲老金腦袋，也只像是替老金搔癢一樣，她再次高高揚起鐵鎚，卻覺得這次抬臂輕了許多——她持著鐵鎚的手也被老金咬下。

老金將女人這手也吃了，連那鐵鎚都咬去大半當成配菜吞下。

「吃得出來，惡貫滿盈。」老金舔了舔自己的手說。「挺夠味的，難道我異食癖漸漸復發了？所以才忍不住重出江湖？」

女人兩隻手都被老金吃了，瘋狂尖叫，才剛叫兩聲，就讓硯天希一拳打飛，轟貼在牆上黏呼呼地滑落下地。

硯天希大步深入這屠宰場，踹開一扇門，進入古怪廚房，裡頭幾名廚師和助手像是早已察覺外頭騷動，一面往上通報，一面持著菜刀守住廚房，見硯天希走來，紛紛摘下戒指。

「好幾個月沒認眞打架了。」硯天希嘿嘿一笑，畫咒喚出破山胳臂，頭頂狐耳豎起、背後狐尾高揚，瞥了跟入廚房的夏又離一眼，哼哼地說：「第一次沒帶著個臭拖油瓶打架，嘿嘿——」

這廚房動線紛亂，一張張料理台橫七豎八地擺得像是迷宮一般，但硯天希只是直直往前，見到有東西擋著她便踢飛或揮拳擊爛。

六、七名怪廚們一開始想攔她，被打爛一半之後紛紛棄刀要逃，最終沒一個逃得了。

老金跟在後頭，品嚐一個個怪廚的手，像個老饕般地對夏又離講解起每個人手上指魔滋味的不同之處。

硯天希步向廚房另一側，轉進一條廊道，廊道另一端騷動不休，一個個四指成員正擠在廊道那端的樓梯口，見到硯天希走來，有些嚇得大叫，有些摘下戒指殺來。

夏又離見到廊道一側的和室大房裡，一張張和室桌上擺著用畢的碗盤筷子，知道此時是用餐時間——老金本來應當被當成餐後甜點，但負責誘拐兼屠宰的那女人卻斬不開老金身子，遲遲無法上菜。

夏又離與硯天希見到廊道那端的樓梯口擠滿了人卻上不去，還聽見樓梯上方響著一聲聲凶猛犬吠，知道盧奕翰和夜路已經自那成人書店的廁所進入這處四指祕密據點，在上頭阻著樓梯，不讓這群四指成員逃離。

硯天希踢飛了幾個來襲的四指成員，先畫兩咒召出懶人手，跟著畫開一幅幅符籙光陣，竄出一隻隻火鷹，轉眼將擠在樓梯口的四指成員及整條廊道燒成了一片火海。

「今晚的菜色是火烤惡人爪子。」老金笑嘻嘻地跑進了火中，逐一聞嗅四指成員指魔那手，檢視熟度。

□

安娜在見到手機亮起訊息時，看了看時間，便起身離座，留下數大盒贏來的鋼珠。

她翻過一處櫃檯，不顧接待人員怪叫，走入後方辦公空間，擊倒幾名上前關切的員工，又擊倒兩名看似黑道模樣的傢伙，繼續深入，闖進一間辦公室，甩髮搶下座位上的流氓從抽屜裡翻出的槍——那流氓顯然剛加入四指不久，積習難改，見到敵人來襲不是摘戒指而是先翻抽屜找槍。

他被搶了槍，才想起要摘戒指，手剛摸上戒指，便被長髮捲著雙手，猛地一扯，將他整隻無名指連著戒指都扯了下來。

安娜以長髮押著這流氓，磅硠硠地撞了鐵櫃七、八下，逼他開啓鐵櫃結界，這才扔下他，走入結界，來到祕密據點。

她深入廊道，見到守在窄道另一端的盧奕翰和夜路，夜路捧著鬆獅魔對著窄道那頭亂轟，將一個個四指成員轟飛撞回樓梯口，那短短樓梯轉角堆滿了四指成員，他們堆疊成一堆，叫苦連天，進退不得；偶爾有些身手矯健的傢伙閃過一、兩發獅子砲逼近夜路，又會讓盧奕翰痛毆一頓再讓夜路轟回去。

她向兩人打了聲招呼，轉入廊道另一側，接連推開幾間大房，裡頭堆著滿滿的樂器，卻沒有一個樂手。

那些樂手本來正在用餐，等了好半晌甜點卻遲遲沒上桌，聽見廚房動亂知道敵人攻來，急著撤退，卻被不知哪兒冒出來的夜路和盧奕翰擋在樓梯口上不去。

安娜在數間大房來回穿梭，估算這些樂器和半成品的數量，再透過手機將訊息傳出——不久之後，晝之光會有其他後援抵達這處天之籟在歌舞伎町地底新造不久的臨時據點善後，運走這些樂器。

□

「喝！」齊藤鬼兵從辦公室裡那奢華大椅上彈起，將本來坐在他腿上的黑霧與白雪揪起擋在自己面前，顫抖地望著那踹進他辦公室的男人，正是令他時常半夜夢見而驚醒的伊恩。

化出人身的伊恩提著七魂，拎著那帶路男人，直勾勾地望著齊藤鬼兵，視線在他身上飛繞流轉。然後瞥了瞥角落一只大籠裡，囚著一隻瘦巴巴的小壞腦袋。

小壞腦袋頸子上還鎖著一圈像是狗鍊般的鏈子——齊藤鬼兵那時在萬古大戰中，見畫之光成員大舉攻入，感到大勢已去，便偷偷領著手下殘兵撤退，還順手偷了隻小壞腦袋。

艾莫給予他一定的黑夢權限，他雖不能如黑摩組般那樣無所不能地操縱黑夢，這小壞腦袋的力量也遠不如當初黑夢，但足以讓齊藤鬼兵在逃回日本這短短幾個月裡，便在天之籟橫濱總部與東京分部之間的歌舞伎町地底，打造出這處四通八達的結界據點。

「你把長門父母的魂藏在哪裡？」伊恩冷冷地說：「你要自己說，還是讓我慢慢找？」

「擋下他！擋下他！」齊藤鬼兵駭然驚叫，將黑霧與白雪向前推去迎向伊恩，連那小壞腦袋也來不及帶，便急忙撞入後方一只紅木櫃子裡，那是他辦公室裡的緊急逃生通道。

辦公桌前，伊恩七魂並未出鞘便制伏了黑霧與白雪，他令切月削去她們煉魔手指，在她們身上施下數道催眠與禁錮咒術，雪姑蛛絲像是裹木乃伊般裹住她們全身，外側再覆上一層明燈黃符。

伊恩將黑霧白雪提出齊藤鬼兵辦公室，交給在外守候的青蘋。

此時青蘋雙臂上纏著一圈圈黃金葛，那些黃金葛自青蘋大衣內側的暗袋中長出。青蘋左肩站著神官、右肩站著英武和小八，三隻鳥一路躲在青蘋大衣暗袋裡。

「沒問題吧？」伊恩這麼問。

「這頭交給我，你趕快去追那傢伙！」青蘋甩動黃金葛，緊緊捲上黑霧和白雪全身，拖著她們往先前下來那電梯口退。

此時電梯口外站著三個天之籟成員，試圖想搭乘電梯逃離，但那電梯外擋著一層厚實神草莖藤，天之籟成員破壞到一半，青蘋便拖著黑霧白雪回來。三名天之籟成員見狀立時摘下戒指往青蘋攻來。

青蘋抓著大衣，像個暴露狂般陡然張開，裡頭數處暗袋竄出各式各樣的神草莖藤，蟲樹樹枝飛快結成一面柵欄，擋住來襲兩人，黃金葛、食蟲草、巨菱角紛紛竄過那柵欄，對來襲兩人四面鞭打，還不時爆炸，逼得三人連連後退。

同時，小八、英武和摩魔火也守在柵欄後方助威，英武和摩魔火朝柵欄後頭那三人飛射爆炸羽毛和一團團火，卻見到神官竟飛過柵欄，衝去與那三名天之籟成員肉搏起來。

小小的神官此時氣勢凶猛，彷如一隻白色獵鷹，張著爪子亂扒，啄咬三人眼睛耳朵。

「神官，你幹嘛，快回來——」「白文你瘋了？」「就算你是特別強壯的白文鳥，也不能這麼囂張啊！」

「我不是白文鳥，我是九官鳥！」神官憤怒咆哮，被一名天之籟成員探手抓著，哀嚎一聲，張嘴朝那人臉上嘔出一片酸水。

「喝！」那人受到刺激鬆手扔下神官，神官憤怒地想要追擊，但翅膀已受了傷，爪子也折斷，搖搖欲墜，被摩魔火吐來的蛛絲捲著身子拉回。

「看到沒有！」英武驚叫著對小八說。「就是這招！當時他就是用這招突襲我，害我差點瞎掉！你看到沒？」小八倒是驚艷不已，飛在神官身前嘎嘎亂叫。「大白文，你是怎麼吐的？再吐一次讓我看看！我也想要學會這招！」

「神官，老大是怎麼跟你說的！」摩魔火牢牢捲著神官，對他怒罵：「你要是讓老大和長門小姐知道你故意亂打尋死，就算你真的死成，也別想進長門小姐家門了，你要我向老大告狀嗎？」

「嗚嗚……嗚嗚……」神官聽摩魔火那麼說，嚇得嚎啕大哭起來；他哀求長門讓他住進七魂新家，卻屢屢被長門拒絕。

因爲他還活著。

長門希望他好好活著，所以拒絕讓他入住，只答應讓他隨時進來參觀。

但神官卻不滿足，想找機會與敵人玉石俱焚，也變成魂，此時被摩魔火抓到了把柄，慌張得不知所措，嗚嗚啼哭起來。

「我這次會替你保密。」摩魔火敲了敲神官腦袋。「沒有下次了，知道嗎？」

「摩魔火，我不敢了，我不會這樣了……」神官嗚嗚哭著：「求求你不要告訴老大，嗚嗚……」

青蘋終於知道英武與神官不睦，原來是當初在華西夜市一戰時，被神官吐了滿臉酸水；當時神官這招使得太過突然，連英武自己也沒看清那酸水從何而來，只當神官藏著陰招，直到親眼目睹，總算恍然大悟。

「英武、小八，你們以後不准再欺負神官，而且也要替他保密，剛剛的事不准洩露出去，知道嗎！你們曾經一同出生入死，應該要當好朋友！」青蘋指揮著神草推動蟲樹柵欄前進，那漆黑柵欄上飛快結開一顆顆蟲果，裂開之後竄出一片飛蟲。飛蟲依著青蘋口哨襲擊三名天之籟成員——青蘋在往返東京照料百寶樹分株的空檔，也向晝之光裡懂得馭蟲的成員學了些簡易的馭蟲術。

柵欄下方是一隊隊生出紅根、彼此聯繫糾纏的石蓮葉瓣，一片片石蓮葉瓣猶如行軍蟻般，趁亂爬上三人的腿，生根亂扎，吸食三人血肉魄質，進而長出分株，生出更多石蓮葉瓣，再落下、再生根、再吸食魄質——

此時青蘋身上這些神草分株雖未如之前萬古大樓一戰時的七合一草彼此相連，但青蘋大衣暗袋裡的土壤經過特別處理，能夠傳遞魄質，因此石蓮葉瓣和食蟲草吸得的魄質，經由土壤，也能供輸給黃金葛、蟲樹和巨菱角。

兩、三分鐘後，三名天之籟成員愈漸虛弱，青蘋身上神草則更加強壯。

「停！」青蘋見三人癱軟倒地，便下令神草停止動作，轉而將蟲樹柵欄造得更加堅固，同時在另一側廊道也造出防禦柵欄，將自己與黑霧白雪牢牢守在中央——她終究不是晝之光成員，也無意成為殺手。後續趕來收尾的晝之光要如何處置這些人，她一點意見也沒有。

「為什麼我要替他保密？」英武對青蘋的命令有些不服氣，望著神官哼哼地說。「而且我哪有欺負他，明明是他不願意親近我們，他一個排擠我們兩個。」

「總之你要保密。」青蘋睜大眼睛瞪著英武：「否則以後我不帶你出來了，你如果不能出門，小八也不用出門了，我會跟穆婆婆告狀，說小八不乖。」

「啊！」小八聽青蘋這麼說，抱著青蘋的頭哀嚎起來。「我哪有不乖？妳為什麼這樣對我？」

「青蘋，我本來就沒有要告密呀！」英武哼哼地說：「我又不是那種小人，且他也沒做什麼壞事，他只是想與他小姐團圓罷了，我佩服他的勇氣……好吧，神官翅膀跟爪子受傷，是被這些惡人遠遠放咒偷打的，摩魔火救他回來，青蘋收拾掉這些惡人，是不是這樣呀，小八。」

「啊？」小八搖搖頭，不解英武為何說出一段跟他所見不大一樣的過程。「不是呀，剛剛是他自己飛過去……」

摩魔火揪著小八腦袋，對他說：「你記錯了，剛剛的情形就是英武說的那樣。」

「聽到沒有。」青蘋也扳過小八腦袋，瞪著他。「就是英武說的那樣。」

「謝謝……」神官抽噎說著：「謝謝你們……」

「啊？啊啊？」小八仍有些困惑，但聽英武、青蘋和摩魔火都堅稱過程就是那樣，歪著頭再想想，好像就是他們說的那樣了。

□

八點一到。

郭曉春微微紅著臉，拖著大傘箱走出那情趣旅館房間，按照事前計畫往頂樓前進；她還是大學生，且尚未交過男友，心中不禁埋怨眾人怎不讓夏又離和硯天希負責這地方。

她一面走，一面揭開傘箱，抽出一把傘張開。

傘裡落下狗魔阿毛。

阿毛並非傘魔，但可以住進特製傘裡——在某些不便帶狗的場合裡，郭曉春便會用這種方式攜帶阿毛。

阿毛化出人身替郭曉春拉著傘箱，跟在郭曉春身後，且從傘箱中抽出自己專用的石棒傘警戒地張望。

郭曉春提著白鶴傘，帶領阿毛循著樓梯前往頂樓，那情趣旅館房間裡的畫面卻仍浮現在她腦海裡，她心想倘若她等會埋怨起這安排，夜路必然會堅稱要是讓夏又離和硯天希負責這處，肯定要耽誤行動了；而硯天希自然也要發脾氣找夜路麻煩。

她一想至此，忍不住噗哧一笑，跟著再想想如果夏又離和硯天希在這情趣旅館裡，究竟會發生什麼事而耽誤了行動，臉又更紅了。

兩名守在通往頂樓門前的黑衣人，見郭曉春從廊道繞出，往這頭走來，都大聲怒喝起來，警告她這裡不是她能靠近的地方。嚇得還沉浸在想像中的郭曉春差點跌倒。

「吼——」阿毛不甘示弱地暴吼回去。

那兩名黑衣人並非四指，而是天之籟外圍的流氓打手，見到跟在郭曉春身後的大傢伙竟然長著一顆狗頭，嚇得連忙拔槍。

「汪！」阿毛飛快攔在郭曉春身前張開石棒傘，當成一面大盾，啪啪地擋下幾記槍擊，然後推著石棒傘往前撲衝撞去，轟隆壓著兩人撞開頂樓大門，將那兩人撞得骨裂暈厥。

郭曉春踏上頂樓，迎著夜風來到一處怪異貨櫃前，見那貨櫃外側畫著奇異符紋，便湊上前傾聽那貨櫃動靜，只感到裡頭有股凶猛氣息，連忙退開幾步，令阿毛取出十二鬼傘，飛快組成護身傘陣。

郭曉春才剛組好傘，便見斜前方一處大樓通風管道外的通風球轟然炸開。

齊藤鬼兵竄了出來。

齊藤鬼兵見著大貨櫃旁的郭曉春，嚇了一跳，不明白這兒怎麼也會有敵人，但他仍然凶猛奔來，同時遠遠地對著大貨櫃施咒。

轟隆一聲，那大貨櫃四面炸開，裡頭是隻巨大鳥怪，齊藤鬼兵飛奔撲上那大鳥怪背上，大鳥怪揹著齊藤鬼兵立時振翅飛天。

但大鳥怪才飛上數公尺，便讓空中白鶴幾爪踩回樓頂地面。

郭曉春喊出了護身傘魔隊，將揹著齊藤鬼兵的大鳥怪團團包圍。

齊藤鬼兵憤怒下令，驅使大鳥怪攻擊郭曉春，但這大鳥怪儘管凶猛，卻怎麼也攻不破郭曉春這護身傘隊，屢屢飛起都被白鶴踹回來。

齊藤鬼兵怒吼躍下大鳥怪，甩出他那藏著長門母親魂魄的骷髏骨臂左手，朝郭曉春展開狂襲，但猛攻一輪後，終於發現郭曉春這護身傘隊裡的傘魔單體力量雖不算極強，但聯手起來卻能守下數倍強敵。

他正猶豫著是否該繼續與郭曉春糾纏，抑或是逃往他處之際，就見到身下紅光一閃，他的雙腿飛離了身子。

伊恩已經站在他背後，又一刀斬去他右臂，跟著刺穿了他左肩胛骨。

「抱歉，其實我更早就到了。」伊恩對郭曉春點了點頭。「但我想看他和妳打久一點。」他說到這裡，頓了頓，又說：「這樣，我才能夠仔細觀察他的身體魄質流動——找出他原來將長門父母的魂，藏在一條肋骨裡。」

「什麼！」齊藤鬼兵驚恐大吼。「不！你猜錯了、你猜錯了，不是肋骨，不是！」

「猜錯猜對，拿出來看看就知道啦。」伊恩這麼說，切月紅光立時在齊藤鬼兵胸腔裡繞了幾個圈，雪姑蛛絲倏地鑽入他後背，抽出了伊恩說的那條肋骨。

「喔，你說謊。」伊恩捏著肋骨，湊近鼻端嗅了嗅，甩去污血，裹上蛛絲，由明燈貼上符籙。「明明就是。」

長門在伊恩身旁現身，伸出雙手接下那肋骨，低著頭捧在胸間；張意站在長門身後，輕輕按著她的雙肩。

「你很害怕？」伊恩用七魂刀挑著被斬去一手雙足的齊藤鬼兵，對他說：「你還記得艾莫曾對你說過，讓我找出長門父母的魂之後，會將你身上剩餘的地方都斬碎？所以害怕嗎？」

「我……我……」齊藤鬼兵一時不知所措。

「別想太多，我保證你會死，但不是現在。」伊恩說：「晝之光有上百件案子跟你有關，有幾百個被你欺壓、殘害過的傷者與亡者親人等著你向他們下跪求饒，我們得花點時間請來他們，一件事情、一件事情，慢慢了結。」

「記住，你會死，且會花上很長一段時間死。」伊恩令雪姑蛛絲將齊藤鬼兵繞成一個大繭。「做好下地獄的準備，你這極惡之鬼。」

齊藤鬼兵嘴裡塞滿蛛絲，無法說話，也無法咬舌，只能難以自抑地顫抖起來。

□

收到郭曉春群組訊息的眾人紛紛趕來樓頂會合，互相問明戰鬥過程，等待後續晝之光人員趕來善後收尾。

眾人在樓頂升起火堆，青蘋用樹枝串著百寶樹肉塊烤起肉分給大家，小八還討了些半生小蟲果，和英武吃起裡頭的幼蟲，英武叼了些幼蟲給窩在長門懷抱裡的神官，神官一向不吃蟲，但才剛跟英武談和，此時不好推辭，吃下幾隻幼蟲，倒覺得滋味不錯。

小八見眾人烤肉有趣，也將樹枝串著幼蟲扔上火堆，卻讓夜路罵著拿樹枝撥開，嚷嚷地和夜路吵起架來。

長門望著被青蘋帶上樓的黑霧和白雪沉睡中的模樣，隱隱露出哀愁，伸手在一頭銀髮間撥了撥，她一頭銀色長髮如水般凝聚出一把銀色三味線；另一手指甲也微微變長，化成銀撥，輕輕彈出樂音。

樂曲輕輕柔柔地飄蕩在夜風中，有時微微哀愁、有時又充滿希望。

眾人圍在火堆旁仰望夜空，聊天的聊天、鬥嘴的鬥嘴、吃肉的吃肉，數個月前大夥搭乘妖車進攻黑夢時的情景，彷如歷歷在目。

儘管眾人面前出現再凶惡的強敵，大家也不曾退卻，堅持到了最後。

日落後的夜再怎麼黑，總是能等到天明。

《日落後長篇》全文完

# 後記

「把不同的人，放在正確的位置上，就能發揮更大的用處。」

這是日落後的寫作初衷，這樣的初衷一路寫到了最後也沒有改變。

張意是眾人之中最膽小的一個，相對地當他獨自面對邵君時，所承擔的壓力，也是前所未有地巨大；而這一次他再怎麼痛苦、嚇得尿濕了褲子，也不退讓，堅持到了最後一刻，將鬼噬釘刺入邵君身體裡，誤打誤撞地在安迪吞下巨腦養肥的鬼噬大軍裡，埋入伊恩的伏兵。

畢竟這個世界上只有極少數的人，能夠那麼渾然天成地扮演著英雄的角色。

其餘大部分人都相對平凡。

平凡並不是錯誤，錯誤的是沒有擺放在適合的位置上。

我盡可能地讓妖車上眾人閃耀著專屬於他們的火花。

有負責衝鋒打架的人、有負責帷幄運籌的人、有負責掌控大局的人、有負責後勤支援的人、有負責大食發電的人、有負責廢話連篇的人、也有專治廢話連篇的傢伙還頭不痛的人；就連妖車和小八、英武、神官三隻鳥，以及鬆獅魔跟有財，再加上摩魔火也有著各自的功能。

我相信這個世界不需要太多英雄，而是更需要每一個擺對了位置、堅守著崗位、扮演好自己的角色、一步一步努力向前的你和我。

星子
於台北中和
2016.11.16

**【新書預告】**

寄件人：小魚
收件人：周祈
主　旨：【面試通知信函】

---

周祈先生，你好。
非常恭喜你在眾多競爭者中脫穎而出，我們邀請你參加第二階段面試，敬請準時參加。詳細面試細節，請參見附件。

強爺工作室

在投了無數履歷都進入黑洞後，
周祈意外收到一家陌生公司的面試信。
那之後，「平靜生活」四個字就徹底從他身上卸載。
他開始每天辛勤地工作，而且這工作內容還有點奇怪，
詭異任務、神祕道具、非法雇員……


**暢銷作家／星子　今年春天最新力作！**

**浪漫、懸疑、科幻、爆笑的新鮮人冒險**

# 偷心賊

日落後 / 星子著. -- 初版. -- 臺北市 : 蓋亞文化, 2017.2
冊 ; 公分. -- (悅讀館)

ISBN 978-986-319-257-2（第13冊 : 平裝）

857.7 105004168

悅讀館 RE347

# 日落後 長篇 13 [完]

作者／星子（teensy）
插畫／BARZ
封面設計／克里斯
出版／蓋亞文化有限公司
地址◎台北市103赤峰街41巷7號1樓
電話◎（02）25585438 傳真◎（02）25585439
網址◎http://gaeabooks.pixnet.net/blog
粉絲團◎https://www.facebook.com/Gaeabooks
電子信箱◎gaea@gaeabooks.com.tw
投稿信箱◎editor@gaeabooks.com.tw
郵撥帳號◎19769541 戶名：蓋亞文化有限公司
法律顧問／宇達經貿法律事務所
總經銷／聯合發行股份有限公司
地址◎新北市新店區寶橋路二三五巷六弄六號二樓
電話◎（02）29178022 傳真◎（02）29156275
港澳地區／一代匯集
電話◎（852）27838102 傳真◎（852）23960050
地址◎九龍旺角塘尾道64號龍駒企業大廈10樓B&D室
初版一刷／2017年2月
特價／新台幣 240 元
Printed in Taiwan

GAEA
ISBN／978-986-319-257-2
著作權所有・翻印必究
■本書如有裝訂錯誤或破損缺頁請寄回更換■

GAEA

GAEA